AF185614

Tucholsky Wagner Zola Scott Sydow Schlegel
Turgenev Fonatne Freud
Wallace Twain Walther von der Vogelweide Fouqué Friedrich II. von Preußen
Weber Freiligrath Frey
Fechner Fichte Weiße Rose von Fallersleben Kant Ernst Frommel
Richthofen
Engels Fielding Hölderlin Dumas
Fehrs Faber Flaubert Eichendorff Tacitus
Feuerbach Maximilian I. von Habsburg Fock Eliasberg Zweig Ebner Eschenbach
Ewald Eliot Vergil
Goethe Elisabeth von Österreich London
Mendelssohn Balzac Shakespeare Dostojewski Ganghofer
Trackl Lichtenberg Rathenau Doyle Gjellerup
Mommsen Stevenson Tolstoi Hambruch Droste-Hülshoff
Thoma Lenz Hanrieder
Dach Verne von Arnim Hägele Hauff Humboldt
Reuter Rousseau Hagen
Karrillon Garschin Hauptmann Gautier
Damaschke Defoe Hebbel Baudelaire
Descartes
Hegel Kussmaul Herder
Wolfram von Eschenbach Schopenhauer
Darwin Dickens Rilke George
Bronner Melville Grimm Jerome
Campe Horváth Aristoteles Bebel Proust
Bismarck Vigny Barlach Voltaire Federer Herodot
Gengenbach Heine
Storm Casanova Tersteegen Grillparzer Georgy
Lessing Gilm
Chamberlain Langbein Gryphius
Brentano Lafontaine
Strachwitz Claudius Schiller Kralik Iffland Sokrates
Katharina II. von Rußland Bellamy Schilling
Gerstäcker Raabe Gibbon Tschechow
Löns Hesse Hoffmann Gogol Wilde Vulpius
Luther Heym Hofmannsthal Klee Hölty Morgenstern Gleim
Roth Heyse Klopstock Kleist Goedicke
Luxemburg Puschkin Homer Mörike
La Roche Horaz Musil
Machiavelli Kierkegaard Kraft Kraus
Navarra Aurel Musset Lamprecht Kind Kirchhoff Hugo Moltke
Nestroy Marie de France
Nietzsche Nansen Laotse Ipsen Liebknecht
Marx Ringelnatz
von Ossietzky Lassalle Gorki Klett Leibniz
May vom Stein Lawrence Irving
Petalozzi Platon Knigge
Sachs Pückler Michelangelo Kafka
Poe Kock
de Sade Praetorius Liebermann Korolenko
Mistral Zetkin

Der Verlag tredition aus Hamburg veröffentlicht in der Reihe **TREDITION CLASSICS** Werke aus mehr als zwei Jahrtausenden. Diese waren zu einem Großteil vergriffen oder nur noch antiquarisch erhältlich.

Symbolfigur für **TREDITION CLASSICS** ist Johannes Gutenberg (1400 — 1468), der Erfinder des Buchdrucks mit Metalllettern und der Druckerpresse.

Mit der Buchreihe **TREDITION CLASSICS** verfolgt tredition das Ziel, tausende Klassiker der Weltliteratur verschiedener Sprachen wieder als gedruckte Bücher aufzulegen – und das weltweit!

Die Buchreihe dient zur Bewahrung der Literatur und Förderung der Kultur. Sie trägt so dazu bei, dass viele tausend Werke nicht in Vergessenheit geraten.

Der Pascha von Buda

Heinrich Zschokke

Impressum

Autor: Heinrich Zschokke
Umschlagkonzept: toepferschumann, Berlin

Verlag: tradition GmbH, Hamburg
ISBN: 978-3-8424-1206-4
Printed in Germany

Rechtlicher Hinweis:
Alle Werke sind nach unserem besten Wissen gemeinfrei und
unterliegen damit nicht mehr dem Urheberrecht.

Ziel der TRADITION CLASSICS ist es, tausende deutsch- und
fremdsprachige Klassiker wieder in Buchform verfügbar zu
machen. Die Werke wurden eingescannt und digitalisiert. Dadurch
können etwaige Fehler nicht komplett ausgeschlossen werden.
Unsere Kooperationspartner und wir von tradition versuchen, die
Werke bestmöglich zu bearbeiten. Sollten Sie trotzdem einen Fehler
finden, bitten wir diesen zu entschuldigen. Die Rechtschreibung der
Originalausgabe wurde unverändert übernommen. Daher können
sich hinsichtlich der Schreibweise Widersprüche zu der heutigen
Rechtschreibung ergeben.

1.

In einem tiefen Thale an hohem Felsen liegt im schweizerischen Kanton Waadt ein altes, kleines, doch wohlgebautes Städtchen mit einem freiherrlichen Schlosse. Das Städtchen heißt La Sarraz. Hier lebt ein gutmütiges, frohes Völkchen, und ist es nicht durch seine Reichtümer oder Altertümer, durch seine Wissenschaft oder Trauben berühmt, so ist es doch durch die Treue und Freundschaft unter sich und mit den Nachbarn, wenigstens ehemals, im besten Rufe gewesen.

Einen Beweis geben zwei kleine, artige Knaben, Cugny und Olivier.

Cugny war der jüngste Sohn eines armen, alten Mannes, der unweit des Städtchens in einer Bauernhütte unter seinem Strohdache vergnügt lebte. In Cugnys Hause herrschte jederzeit die beste Ordnung, die größte Eintracht, die strengste Arbeitsamkeit. Selbst der jüngste Sohn mußte schon Geld verdienen und zur Bestreitung häuslicher Bedürfnisse beitragen. Aber der alte Vater hatte an diesem jüngsten wenig Freude, denn er war ein kleiner Bube, der tausend tolle Streiche machte, zu denen es jeden Tag Gelegenheit gab. Freilich wurde der kleine Taugenichts dafür tüchtig gezüchtigt, allein was half's? Die Strafen des Abends waren am nächsten Morgen jedesmal richtig verschlafen und vergessen.

Dabei fehlte es jedoch dem kleinen quecksilbernen Jungen nicht an liebenswürdigen Eigenschaften. Er war nicht nur ein schöner Knabe, den die Dichter seiner Zeit, wäre er ihnen als Prinz und nicht im Zwillichkittel und barfuß erschienen, ohne Umstände mit einem Ganymed oder Liebesgott verglichen haben würden; sondern er hatte auch die Gabe, sich, wenn er wollte, jedem angenehm zu machen.

Der Schullehrer hielt viel auf ihn, denn keiner seiner Schüler schrieb eine so zierliche Hand, las mit so lebendigem Ausdruck, rechnete so fertig. Der Lehrer hatte sogar dem alten Cugny einmal gesagt. »Euer Knabe sollte nach Lausanne auf die hohe Schule; der versteht beinahe schon so viel als ich. Der sollte Pfarrer werden!« Der Alte hingegen zuckte die Achseln und sagte: »Wir Bauern brauchen auch gute Köpfe, und eher als die Reichen, denn wenn diese keinen Kopf haben, setzen sie den Geldsack zwischen ihre Schultern. Das können wir armen Leute nicht.«

Der kleine Cugny mußte also trotz seiner Liebenswürdigkeit und seiner vom Lehrer gepriesenen Geistesgaben die Ziegen hüten. Das that er nun auch und hätte es wohl besser thun können, wenn ihm nicht das Amt zu langweilig gewesen wäre. Er legte indessen so viel Anmut hinein und suchte so viel Kurzweil darin, als er konnte.

Als um dieselbe Zeit ein Vetter ins Land zurückkam, der sich im Kriegsdienste bis zur Würde eines Feldwebels emporgeschwungen und gute Beute gemacht hatte, änderte sich alles, denn der alte Schnurrbart brachte den Winter in Cugnys Hause zu und erzählte jeden Abend von seinen und des Marschalls Guebriant Heldenthaten, unter dessen Fahnen er gefochten.

Da hörte man von Gustav Adolf, dem Schwedenkönig; von Bernhard von Weimar, von Tilly, Pappenheim und Wallenstein; da von den Schlachten bei Lützen und Wittstock, von der Zerstörung Magdeburgs und dergleichen. Der Kriegsmann erzählte so lebendig, daß man die Schlachtfelder, die Heere, die Helden vor Augen sah und den Donner des Geschützes sehr deutlich hörte. Er zeichnete die Schlachtordnungen auf den Tisch und schwur und fluchte dazwischen, daß allen Menschen angst und bange wurde.

Keiner im Hause horchte aufmerksamer als Cugny, dem kein Wort, keine Geschichte einer Schlacht, kein Name entging oder seinem Gedächtnisse entschlüpfte.

Sobald das Frühjahr kam und er wieder zum Ziegenhirten ernannt wurde, sah er diese Ernennung als Feldhauptmanns-Installation an und erhob auf der Stelle seinen Hund, der im vorigen Jahre bei der Herde nur Küsterdienste verrichtet hatte, zum Generaladjutanten. So zog er aus, immerdar siegreich. Er eroberte viele Thäler, Hügel und Wälder und hatte beinahe, wie Wallenstein, der Ehrgeizige, Lust, die Eroberungen wie sein Eigentum zu betrachten und sich zum Herzog von La Sarraz zu machen.

2.

Eines Tages, als er unweit des Städtchens beim Steinbruch auf einem Marmorblocke saß und, während die Armee im Freien lag, auf Belagerung und Eroberung des schroffen Felsens sann, an welchem einige Ziegen rekognoszierend emporkletterten, vernahm er auf der Felshöhe das klägliche Geschrei von Kindern, die um Hilfe riefen.

Alsbald wurde beschlossen, die Festung mit Sturm zu nehmen und die Gefangenen droben zu befreien. Der Generaladjutant vereinigte bellend die ganze gehörnte Kriegsmacht; der Felsen wurde von der Seite erstiegen, erobert und den Rufenden Hilfe gebracht.

Es waren ein paar Kinder aus dem Städtchen: ein Knabe, Samens Olivier, ungefähr fünfzehn Jahre alt, und ein Mädchen von acht Jahren, das Helene hieß.

Die beiden, Kinder angesehener Leute in La Sarraz, des Kletterns ungewohnt, hatten sich auf dem Berge im Spazierengehen verlaufen und verirrt. Um wieder herabzukommen, waren sie zwischen Felsen und Klippen niedergestiegen, bis sie einen schauerlichen Abgrund vor sich erblickten und nicht weiter konnten.

Der kleine barfüßige Feldmarschall nahm sich ihrer sehr dienstfertig an, zog beide über die Klippen zurück, zeigte ihnen durch sein Vorschreiten, wo sie festen Fuß fassen könnten, brachte sie glücklich auf die Bergebene und von da auch glücklich ins Thal hinab.

Die Geretteten wußten nicht, was sie ihrem Erlöser alles Schönes aus Dankbarkeit sagen sollten, und bald war unter ihnen Freundschaft geschlossen.

Cugny erzählte von seinen Schlachten, Siegen und Eroberungen. Dem kleinen Olivier war das schon recht. Er nahm sofort eine Stelle bei der Armee an, die Cugny sogleich in zwei Hälften teilte. Dieser behielt den Oberbefehl über die eine, Olivier wurde der andere Anführer, als Feind gegen Cugny. Helene aber mußte sich gefallen lassen, bald bei dem einen, bald bei dem andern Heere als Marketenderin zu dienen. Man verteilte das Gebiet von La Sarraz; man setzte Regeln fest, und das Spiel gefiel allen so wohl, daß man einander versprach, den folgenden Tag wieder zusammenzutreffen.

Olivier, ein lebhafter Knabe, hatte für das Soldatenwesen und Kriegführen nicht minder Neigung, als Cugny. Beide, obwohl sie bei ihren Heeren immer als Feinde gegen einander standen, schlossen dabei unvermerkt die allerinnigste Freundschaft. Tag für Tag, so oft Olivier aus dem väterlichen Hause oder von der Schule abkommen konnte, war er bei seinem Cugny, und ihre gemeinschaftliche Freundin Helene erschien die Woche wenigstens ein paarmal mit Brot, Kastanien und einem Fläschchen Wasser, die Rolle der Zeltkrämerin zu spielen. Mit Olivier kam sie zwar, erhielt auch bei ihm gewöhnlich ihre Anstellung, denn beide waren Nachbarskinder, allein am Ende des Spieles stand sie gewöhnlich als Kriegsgefangene bei Cugny, und es schien beinahe, als ließe sie sich gern von ihm gefangen nehmen.

Darüber gab es denn zuweilen gegenseitige Vorwürfe, doch entzweiten sich Cugny und Olivier um ihre Helene nie, aber Olivier zankte desto öfter mit dieser, daß sie sich von dem Paris so oft fangen ließe. Helene hatte nun zwar ihren Mitbürger und Nachbar recht lieb, er war in der That ein artiger Knabe und hatte den wichtigen Vorzug, daß er hübscher gekleidet war, als Cugny.

Indessen hatte das kleine Mädchen doch bemerkt, daß die Natur den schwarzlockigen Cugny noch weit zierlicher geschmückt habe, als irgend ein Schneider jemanden schmücken könne.

Unter Krieg und Liebe, Zank und Versöhnung verstrich der Sommer und Herbst, und bald sollte der Winter die Feldzüge auf immer enden.

Noch ehe aber der Winter kam, setzte sich Olivier eines Tages zu Cugny und sagte mit wichtiger Miene:

»Anno 1644. haben wir mit Ziegen Krieg geführt; Anno 1645 aber wird's Ernst. Denke nur, Cugny, mein Vater hat diesen Morgen einen Brief von meinem Oheim, dem Obersten bei der kaiserlichen Armee, bekommen und die Zusage darin, daß, wenn ich im Frühling zur Armee komme, soll ich als Unterleutnant angestellt werden! Ich bin im Frühjahr sechzehn Jahre alt, mein Vater will mich nicht länger in La Sarraz lassen; er meint, hier würde aus mir nichts als ein Ziegenhirt. Freust Du Dich nicht?«

»Warum denn?« sagte Cugny und ließ das Köpfchen hängen.

»Ei, daß ich Soldat, daß ich Leutnant werde! Es ist Krieg. Ich bringe es bald zum Hauptmann und Oberstwachtmeister. Du sollst noch von mir hören! . . . Ja, Wunderdinge sollst Du von mir hören, das sage ich Dir!«

»Nun ja, Olivier, das glaub' ich, und es freut mich Deinetwegen, obgleich ich bitterlich weinen möchte! Denn bist Du fort, bin ich ganz verlassen, und wen hab' ich, wenn Du, lieber Freund, mir fehlst?«

»Glaube, Cugny, es thut mir auch weh', Dich zu verlassen! Allein Du hast ja doch künftigen Sommer noch Helenen. Das Mädchen hat viel Kopf, Du kannst ihr Deine halbe Armee geben.«

»Was denkst Du auch, Olivier? Ich führe mit keinem Mädchen Krieg. Ohnedies wird sie nicht mehr kommen, wenn Du fort bist, und wird eine Stadtjungfer werden, die sich um unsereins wenig bekümmert.«

»Sei nur ruhig, Cugny, und weine nicht. In ein paar Jahren komme ich zum Besuch wieder nach La Sarraz. Da sollst Du Deinen Augen nicht trauen, wenn Du mich siehst . . . ein Knebelbart . . . ein Schlachtschwert . . . hier eine Narbe . . . da eine Narbe. Du wirst mich kaum kennen.«

»Das glaub' ich, Olivier! Und Du mich noch weniger! Was fragt denn der Kriegsmann nach dem armen Ziegenhirten? Ich weiß das wohl.«

»Pfui, Cugny! Das ist schlecht von Dir gesprochen. Sieh', Cugny, und wenn ich Feldmarschall wäre und käme nach La Sarraz, meine erste Frage wäre nach Dir . . . das schwör' ich Dir . . . da hast Du meine Hand darauf. Hier hast Du mein Taschenmesser mit der Perlmutterschale zum Pfand darauf! Nimm hin! Nimm's zum Andenken!«

»Weißt Du, Olivier . . . Freunde sollen sich keine Messer schenken! Man sagt, das zerschneide die Freundschaft. Aber ich glaub' es nicht und nehme es, und wenn Du mich einst nicht mehr kennen willst, dann nehm' ich es wieder und halte es Dir vor die Augen. Olivier, unsere Freundschaft ist zerschnitten!«

»Dann wäre ich wert, das Messer im Herzen zu haben. Nun aber freue Dich mit mir! Denke, ich habe auch schon Pläne für Dich gemacht!«

»Sage doch!«

»Wenn ich nach einigen Jahren Hauptmann oder noch mehr bin und nach La Sarraz komme, nehm' ich Dich mit zur Armee.«

»Nein, ich will lieber im Frühjahr mit Dir gehen und Soldat werden. Weil Du vornehmer Leute Kind bist, macht man Dich sogleich zum Leutnant. Ich aber will tapfer sein und durch meine Kriegsthaten Leutnant werden, da verlaß Dich darauf, ich will es!«

»Das geht nicht, Cugny! Du bist erst vierzehn Jahre alt und viel zu jung. Du kannst die Muskete noch nicht tragen.«

»Aber die Trommel; auch weiß ich mit den Pferden umzugehen, ich kann Troßbube werden.«

»Das geht nicht, Cugny! Als Troßbube kommst Du nie in die Schlacht, kannst Dich nirgends hervorthun. Warte lieber, bis ich zum Besuch nach La Sarraz komme und Dich mitnehme! Da stell' ich Dich gleich als Feldwebel an. Du kannst schön schreiben, gut rechnen, ich will Dich schon gebrauchen und dem Obersten empfehlen. Sei ohne Sorgen!«

Da hob Cugny bitterlich an zu weinen, und Olivier hatte genug zu trösten.

Cugny schwor, er wolle nicht länger Ziegenhirt bleiben, sondern im Frühjahr mit in den Krieg gehen.

3.

Die Sache kam anders, als beide Freunde berechnet hatten.

Cugny ward von Tag zu Tag trauriger und nachdenkender. Oliviers Gesellschaft und die Scherze der schmeichelnden Helene heiterten den armen Jungen nur sehr vorübergehend auf.

Eines Tages saß er am Abhang eines Hügels in Träumereien verloren; seine Herde weidete um ihn her; der Herbststurm fegte das abgefallene Laub. Da hörte er seinen Hund gewaltig bellen. Cugny sah sich kaum danach um, bis der Hund bellend herbei und wieder davon sprang, Endlich aufmerksam, stand er auf und ging einige Schritte vorwärts. Da erblickte er in der Tiefe, vor der Schlucht eines bewaldeten Berges, eine seiner Ziegen von einem Wolf überfallen, der das arme Tier zerriß.

Hastig griff Cugny zu seinem Stabe und sprang, von seinem Hunde begleitet, den Hügel hinab, dem Räuber entgegen. Der Wolf entflog; aber die Ziege war tot und zerfleischt.

Mit Entsetzen stand der junge Hirt da, doch faßte er sich bald. Er bedeckte das getötete Tier mit dürrem Laub, Reisern und Steinen, ging wieder zu seiner Herde und trieb sie abends zur gewohnten Zeit heim. Dann begab er sich ins väterliche Haus, legte, sobald es dunkel wurde, seine Sonntagskleider an, machte aus dem besten, was er hatte, ein Bündel und wanderte davon.

Er wurde schon am Abend vermißt, als der Eigentümer der verlorenen Ziege erschien und großen Lärm machte. Nachdem der Bursche sich auch am folgenden Morgen nicht im Hause gezeigt hatte und überall vergebens gesucht worden war, erhob sein alter Vater ein großes Jammergeschrei.

Untröstlicher noch als der Alte, waren Olivier und Helene, als sie die Nachricht von Cugnys Flucht vernahmen.

Man konnte sich nicht genug über Helenens Schmerz um den Hirtenknaben verwundern und Oliviers Thränen wurden von seinen Eltern umsonst verlacht oder gescholten.

Nach einigen Tagen empfing Olivier durch einen Bauer aus der Nachbarschaft von Romainmontier einen Brief. Cugny schrieb ihm das Schicksal der vom Wolf zerrissenen Ziege, dann, daß er, teils aus Furcht vor der Strafe, teils aus Ekel vor dem Hirtenleben, davongelaufen, um sein Glück in der weiten Welt zu suchen.

»Fürchte Dich nicht, Olivier!« schrieb Cugny. »Ich werde nicht verhungern. Ich habe arbeiten gelernt. Sag es nur Helenen, sie solle sich nicht ängstigen, und meinem Vater sag es, ich wolle ihn aus der Fremde noch unterstützen, wenn ich einmal etwas verdient habe. Dein Messer hab ich mit mir genommen. Ich will es zeitlebens aufbewahren zur Erinnerung an Dich. Vielleicht finden wir uns im Kriege irgendwo wieder.«

Olivier sprang närrisch vor Freude umher, las allen Menschen den Brief von Cugny vor und hatte sogar nichts dagegen, daß Helene das Papier laut weinend an ihre Brust drückte.

Indessen war es für Olivier doch ein trauriger Winter, denn er hatte sich allzu sehr an Cugny gewöhnt; der Freund mit dem zärtlichen, geistvollen Geplauder fehlte ihm überall.

Zum Glück mußten nach einigen Monaten schon die Vorbereitungen zur Abreise getroffen werden. Unter mancherlei Zerstreuungen wurden Abschiedsbesuche in Romainmontier, in Vevay, in Nyon bei Verwandten und Freunden des väterlichen Hauses gemacht. Man rüstete das Gepäck und mit Ostern ging es nach Deutschland zur kaiserlichen Armee.

4.

Der junge Olivier traf seinen Oheim erst zu Wien, und dieser nahm ihn mit ins ungarische Lager bei Preßburg. Der Oheim hatte wohl anfangs ein wenig Mitleiden mit dem jungen Burschen, aber schon nach dem ersten Vierteljahr ließ er ihn, wie er es nannte, »Pulver riechen«, und nach dem ersten Feldzuge wurde Olivier wirklich als Leutnant angestellt, denn er hatte sich als Freiwilliger bei verschiedenen Gelegenheiten so brav, oder vielmehr so verwegen gezeigt, daß er die Freude aller Soldaten geworden. Anfangs nannten sie ihn nur das Milchgesicht, hinterher den kleinen Teufel.

Bei diesen Eigenschaften stieg er schnell empor. Er wurde in den Stab des Feldherrn gezogen, und blieb auch nach dem Dreißigjährigen Kriege im kaiserlichen Heere angestellt. Unter dem Grafen von Hatzfeld machte er den Feldzug in Polen gegen die Schweden mit und führte hier als Hauptmann eine Abteilung schwerer Reiterei. Mit allen seinen Kriesgefährten lebte er in bester Eintracht. Jeder hielt den jungen, geistvollen Mann hoch. Nur ein einziger Offizier schien einen angeborenen Widerwillen gegen ihn zu haben, und das war noch dazu ein Schweizer, ein Herr von Asperlin aus Raron, Sohn des Oberherrn zu Bavois. Dieser, weil er kein anderes Verdienst hatte, als seine etwas vornehmere Herkunft, machte es, wie es dergleichen Menschen zu machen pflegen. Er warf sich in die Brust, praßte viel, hielt alles neben sich für Kleinigkeit, und haßte ohne Umstände jeden, der sich um ihn nicht bekümmerte.

Unter denen, die sich um Herrn von Asperlin wenig bemühten, war auch Olivier. Daher verursachte ihm Asperlin hinter seinem Rücken allen möglichen Verdruß und schwor, er wolle nicht eher ruhen, als bis er vom Regiment verjagt wäre. Olivier achtete dergleichen Drohungen wenig. Er hatte einst, vielleicht bei übler Laune, in Gesellschaft anderer Kriegsgefährten über die Langsamkeit der Unternehmungen der kaiserlichen Oberfeldherren geklagt, über Mangel an Gelegenheit, sich auszeichnen zu können, am Ende über Ungerechtigkeiten bei Beförderungsfällen im Heere, wo nur Geburt und Herkunft berücksichtigt würden, hingegen Verdienste nichts gälten. Erhitzt durch Widerspruch ging er immer weiter und behauptete zuletzt, es gehe selbst bei den Türken vernünftiger und billiger zu. Er wollte wetten, daß er sich binnen drei Jahren im Dienste des Großsultan zum Pascha von drei Roßschweifen empor- schwingen wollte. Das erfuhr Asperlin. Er riß Oliviers Worte aus dem Zusammenhang und hinterbrachte sie mit allerlei beigefügten Auseinandersetzungen und Betrachtungen dem Oberfeldherrn, in dessen Gefolge er war und bei dem er viel galt. Olivier wurde zur Verantwortung gezogen und hatte wegen seiner Behauptung, Pa- scha von drei Roßschweifen werden zu können, vielen Verdruß. Manche nannten ihnen seit jener Zeit den »Pascha«.

Er nahm es eben nicht übel; desto mehr aber ärgerte es ihn, als sich unter den Hauptleuten seines Regiments das Gerücht verbreite- te, er habe sich im Städtchen seiner Heimat durch nichts bemerkbar gemacht, als daß er die Ziegen gehütet. Olivier entdeckte endlich die Quelle dieser Gerüchte. Sie rührten von keinem andern, als dem Herrn von Asperlin her, und in dem Augenblicke, als er darüber Gewißheit empfing, beschloß er den Lästerer zu züchtigen. Ange- kommen in dessen Quartier, erfuhr er. Asperlin sei mit Urlaub nach der Schweiz gereist und erst am Morgen dahin aufgebrochen. Schnell warf er sich aufs Pferd, ihn einzuholen. Der Weg, den As- perlin eingeschlagen hatte, war leicht zu erfahren und Olivier sparte die Sporen nicht. Mittags erreichte er ein Städtchen. Vor dem Wirts- hause sah er die Diener und Pferde seines Feindes reiseertig und ihres Herrn gewärtig. Er sprang vom Gaul, gab seinen ihn beglei- tenden Dienern einige Aufträge und eilte ins Haus. Man führte ihn ins Gastzimmer. Da saß Herr von Asperlin mit einem andern jun- gen Offizier wohlgemut am Tische bei vollen Weinbechern. Beide sprachen Französisch. Asperlin war eben im Begriff, dem Jünglinge freundlich über den Tisch die Hand zu reichen und Abschied zu nehmen, als Olivier eintrat. Dieser, ohne sich um den Fremden zu bekümmern, ging kurzweg auf Asperlin zu, und begrüßte ihn mit dem lakonischen Gruße, der alles Vergangene und Nachfolgende erklären mußte: »Verleumder, Ehrendieb!« – hob sodann die Hand, und versetzte seinem Landsmanne eine so gewaltige Maulschelle, daß dieser samt dem Stuhl, auf dem er gesessen hatte, rücklings zu Boden fiel, den Tisch vor sich mit den Beinen hoch in die Luft hob, so daß er selbst, der Stuhl unter und der Tisch samt Tischgerät über ihm, mit entsetzlichem Krachen zu Boden stürzten.

Das ganze Haus erdröhnte, als wäre ein Erdbeben eingetreten. Olivier, wie er den Ehrenmann unter den Trümmern aller seiner Freuden am Erdboden liegen sah, konnte sich des Lachens nicht erwehren. Wirtsleute, Knechte, Mägde liefen erschrocken zusammen. Asperlin entwickelte sich mühsam aus Tischtuch, Tisch und allem Wirrwarr; stand verblüfft auf, sah mit stieren Augen umher, erkannte Olivier, von dem der zermalmende Streich gekommen war, und rief: »Bösewicht, das zahlst Du mir mit Deinem Blute!« und ging eilig davon. Nach einer Weile hörte man Pferdegetrappel auf der Straße; Asperlin, in seinen Mantel gehüllt, ritt mit seinen Dienern von hinnen.

Olivier stand noch lachend am Fenster und sah dem Gedemütigten nach, als der fremde Offizier ihn mit der Hand auf die Schulter schlug und sagte:

»Mein Herr, was auch die Ursache Ihres tollen Betragens sei, oder welche Ursachen auch mein Freund haben mag, daß er Ihre Grobheit nicht auf der Stelle züchtigte: Sie haben mich in ihm beleidigt, er ist mein Landsmann, mein Freund. Ich will ihm eine Arbeit ersparen, kommen Sie mit mir vor's Thor.«

»Warum nicht hier auf der Stelle?« rief Olivier, schickte die Wirtsleute mit dem Befehl hinweg, ihm in einem andern Zimmer eine gute Mahlzeit bereit zu stellen, verschloß hinter ihnen die Thür, zog den Säbel und erwartete seinen Mann.

Der Fremde stand bereit. Indem Olivier ihn betrachtete – einen schönern Mann hatte er sein Leben lang nicht gesehen – senkte jener plötzlich den Degen und sagte mit scharfem, spähendem Blicke:

»Mein Herr, damit ich auch meinen Gegner kenne, wie heißen Sie?«

»Olivier von La Sarraz!«

»Teufel! Dacht ich's doch!« rief der Fremde. »Ich bin Cugny!«

Die bloßen Säbel in den Fäusten, umarmten sich die entzückten Jünglinge mit einer Innigkeit, als wollten sie auf immer zusammenwachsen.

Ihre Lippen tönten nur von ihren Namen, und sie hingen aneinander, als wollte jeder die Seele des andern in sich saugen.

Erst, wie sie mit den Bechern in der Hand bei Tische einander gegenüber saßen, betrachteten sie sich ruhiger, mit zärtlichem Wohlgefallen.

Da war unter den beiden Jugendgespielen des Fragens viel und
kein Ende.

Einer bewunderte den andern, wie er so gewachsen, so männlich
und schön geworden. Jeder wollte wissen, wie alt der andere sei,
was doch so leicht war zu berechnen.

Es waren volle zehn Jahre, seit sie sich das letzte Mal am Steinbruche bei La Sarraz gesehen. So hatte Olivier ein Alter von sechs-
undzwanzig, Cugny ein Alter von vierundzwanzig Jahren erreicht.
Olivier mußte aufs genaueste von allen seinen Abenteuern berich-
ten; mußte erzählen, was er indessen vom väterlichen Hause vernommen, von allen Vorfällen in La Sarraz.

Natürlich wurde auch der kleinen Marketenderin Helene angele-
gentlich gedacht, doch von dieser hatte keiner erfahren, ob sie noch
lebe, oder schon bei den lieben Engeln im Himmel sei.

Endlich erzählte auch Cugny, der nur immer fragen und hören
wollte:

»Du weißt, Olivier, wie ich von La Sarraz meinem Vater entlief.
Unterwegs, obgleich ich selbst nicht wußte, wohin ich wollte, war
ich unbekümmert um mein Schicksal. Ich war ja ein starker Bursch;
man sah mir meine vierzehn Jahre kaum an und arbeiten hatte ich
gelernt und alle Wetter ertragen. An Leckerbissen war ich nicht
gewöhnt. Was brauchte ich viel? Ich konnte mich schon durchschla-
gen und war bei meinen paar Schillingen reich. Aber als ich mich –
denn ich lief die ganze Nacht hindurch – im Mondschein hinsetzte,
mein Brot zu verzehren, und ich Dein Andenken, Dein Messer,
hervorzog, um das Brot zu schneiden, da weinte ich bitterlich, denn
nun erst warst Du mir gegenwärtig, nun erst fühlte ich, was Du mir
gewesen und was ich verloren und verlassen hatte.«

Bei diesen Worten zog Cugny das Taschenmesser mit der Perlmutterschale hervor, hielt es seinem Freunde vor und sagte:

»Siehst Du, Olivier, es lebt noch!«

Olivier konnte sich nicht halten, sprang auf und küßte den Jüngling herzlich.

Cugny erzählte weiter:

»Nun höre! Wie ich so da saß und weinte, dachte ich, wie Du nun als ein vornehmer Herr zur Armee gingest, da sogleich Leutnant werden würdest, und wie ich als ein armer Bauernknabe nur Troßbube werden, höchstens zum Stallknecht oder zum gemeinen Soldaten vorrücken könnte. Das schmerzte mich. Ich machte allerlei Pläne, reich zu werden, Geld zu verdienen und mich dann als Sohn von einem guten Hause, wohlgekleidet bei einem General zu melden. Ich träumte allerlei, und aus den Träumen wurde zuletzt doch etwas. Ich kam nach Pontarlier. Hier nahm mich ein angesehener Mann in seinen Dienst. Weil ich ihm gefiel, zog er mich aus dem Stall und vom Holzspalten nach wenigen Wochen in sein Wohnzimmer. Da, besser gekleidet, spielte ich erst seinen Aufwärter, und als er zufällig meine Handschrift bemerkte, machte er mich ohne weiteres zu seinem Schreiber und Rechner, weil er selbst, wie ich bald bemerkte, im Schreiben und Rechnen nicht recht bewandert war. Ich empfing ein schönes Wochengeld. Frau und Kinder meines Herrn hatten mich lieb; ich hätte sehr glücklich sein können, und doch war ich es nicht. Die Thaten des großen Condé ließen mich nicht schlafen. Man erzählte in Pontarlier nichts anderes, als von seinen Siegen am Rhein. Ich las mit Begier alle Zeitungen, alle Flugblätter, Geschichtsbücher alt und neu, soviel deren mein Herr hatte und ich bekommen konnte. Früher, als ich selbst beschlossen, führte mich das Schicksal zur Armee. Ein Schlagfluß raubte meinem guten Herrn im Frühling 1645 das Leben. Die Witwe verabschiedete mich mit einem ansehnlichen Geschenk. Nun schrieb ich meinem Vater noch einmal, erzählte ihm meine Glücksgeschichte, um ihn zu beruhigen, bat noch einmal wegen meiner Flucht um Verzeihung und meldete ihm meinen Entschluß, fortan im Kriege mein Heil zu versuchen. Ich verließ Pontarlier und begab mich über Basel jenseits des Raines, Condés Heer aufzusuchen. Als ich bei den Vorposten der Franzosen erschien, verlangte ich zum befehlshabenden Offizier geführt zu werden. Man brachte mich zum Marquis de Bellefonds. – Was giebt's, junger Mensch? fragte dieser mit barscher Stimme. Ich sagte ihm ganz unbefangen, ich sei ein Schweizer, von guter Familie, habe von meinem Vater aber nichts geerbt, als Mut und Ehrgefühl; ich wünsche als Freiwilliger unter den siegreichen Fahnen des Prinzen Condé zu dienen und hoffe, durch mein Betragen sein Wohlwollen zu erwerben. Sei es, daß meine Jugend oder die Art, wie ich alle Fragen des Marquis beobachtete, oder mein schwärmerischer Ungestüm, Kriegsmann zu werden, den Marquis rührte – genug, nach einer langen Unterredung behielt er mich bei sich und versprach, mich zu versorgen. Ich bekam Degen und Kriegsrock und wurde als Freiwilliger bei der Adjutantur angestellt. Es gab täglich Gefechte, bei welchen ich nicht fehlte. Marquis de Bellefonds gewann mich lieb, er brauchte mich viel und ich mußte ihm überall folgen. Bald erfolgte die mörderische Schlacht bei Nördlingen, in welcher der baierische Feldherr Mercy fiel. Da fand ich Gelegenheit, mich, trotz meiner Jugend, meinem Gönner einmal zu zeigen. Als unsere Schar im Begriff war, die Flucht zu nehmen, der Kugelhagel mörderisch wütete und der Fahnenträger sank, sprang ich vom Pferde. Teufel, wohin? rief Bellefonds. – Zum Sieg oder Tod! schrie ich, ergriff die Fahne und ging mutig vorwärts. Einige beherzte Soldaten, die ihre Fahne nicht verlassen, oder sich von einem Knaben nicht beschämen lassen wollten, folgten mir; diesen mehrere andere, darauf eine ganze Kompanie, endlich links und rechts die Übrigen, und wir drangen durch. »Du bist ein braver Junge!« sagte der Marquis, als wir Ruhe hatten, und umarmte mich vor allen Soldaten. Ohne Zweifel hatte er mit dem Prinzen Condé von mir gesprochen, denn folgenden Tages wurde ich zum Prinzen berufen. Der Marquis und mehrere Obersten und Generale waren zugegen Der Marquis stellte mich dem großen Helden vor. Ah, sieh da! rief der Prinz, indem er mich verwundert und freundlich ansah; ist das der Freiwillige von Nördlingen? Er lobte mich und ernannte mich zum Offizier. Man hieß mich seitdem bei der Armee nur den Freiwilligen von Nördlingen. Ich gab mir Mühe, dem Namen Ehre zu machen, der mich ehrte. Nach dem Frieden in Deutschland diente mein Regiment unter Turennes Befehl in Flandern gegen die Spanier. Ich hatte die Ehre, vom Marschall gekannt und hervorgezogen zu sein und habe jetzt eine Sendung von ihm an den Grafen Hatzfeld. Da hast Du meine Geschichte.«

5.

Beide reisten mit einander ins Lager zurück. Cugny war so glücklich, durch sein Fürwort beim Grafen Hatzfeld dem wackeren Olivier einen halbjährigen Urlaub zu erwirken, um nach zehnjähriger Trennung seine Verwandten in La Sarraz besuchen zu können.

»Ich eile zu meinem Marschall zurück,« sagte Cugny, »und bitte ihn ebenfalls um Erlaubnis, auf einige Monate in die Schweiz zu gehen. Da wollen wir denn himmlische Tage mit einander in der Heimat verleben. Da wollen wir Hütten bauen über dem Steinbruche, Dir eine, mir eine und der kleinen Marketenderin eine. Da wollen wir alle die alten süßen Erinnerungen der Kindheit wieder aufleben lassen.«

Man schied nun mit den frohsten Hoffnungen des baldigen Wiedersehens von einander, Olivier packte ein, und begleitet von zwei Dienern reiste er durch Deutschland und die Schweiz. Ich brauche nicht zu sagen, welchen Jubel Oliviers Erscheinen im Hause der Eltern, welches Aufsehen es im ganzen Städtchen machte. Jeder wollte den kleinen Olivier sehen, der nun so groß und kaiserlicher Hauptmann geworden war. Schon des andern Tages machte er die Runde bei allen Verwandten und Bekannten. Natürlich! Die kleine Marketenderin und Nachbarin Helene wurde auch nicht vergessen. Aber wie erstaunte er, als er im Zimmer bei ihren Eltern stand, und sie hereintrat! Es ging ihm heiß vom Wirbel bis zur Sohle. Die Jungfrau nahte sich ihm errötend. Eine frische, blühende Gestalt, von aller Anmut der Jugend umflossen, fähig, mit ihren flammenden, schönen Blicken Herzen von Eis zu schmelzen. Olivier hatte kein Herz von Eis, aber geschmolzen war es doch. Er küßte schüchtern und zitternd ihre zarte Hand und wußte nicht, was er stammeln sollte. Helene, weit unbefangener, musterte den alten Spielgenossen von oben bis unten, sagte ihm viel Verbindliches und brachte ihn durch ihr vertrauliches Gespräch bald wieder zu sich selbst.

Von diesem Augenblick an entzündete sich in Olivier eine unbesiegbare Leidenschaft. Täglich besuchte er Helenens Eltern, eigentlich nicht um die Eltern, sondern um Helene zu sehen, deren immer gleiche rosenfarbene Laune, deren Mutwille ihn abwechselnd bald unter die Seligen des Paradieses, bald unter die Verdammten und in die Qualen der Hölle versetzte, denn das hübsche Mädchen schien alles zu verstehen, nur kein Wort von Liebe. Es war noch immer gegen ihn so traulich und harmlos, wie vor zehn Jahren bei den Ziegenherden; aber mehr als damals schien das neunzehnjährige Mädchen auch jetzt noch nicht zu fühlen. Ja, wenn Helene recht aufgeräumt war, fing sie ihn sogar zu duzen an, aber auch in dem Du lag nichts von Annäherung, sondern mehr etwas Komisches, das den armen Liebeskranken peinigte.

So vergangen einige Wochen, einige Monate. Manches hübsche Mädchen von La Sarraz, Vevay und Lausanne lächelte den schönen, kriegerischen Jüngling bedeutsamer an als Helene; ja, Olivier war sogar boshaft genug, Versuche anzustellen, ob er Helenen nicht ein wenig eifersüchtig machen könne. Allein umsonst.

Olivier fing an, sich seines Zustande zu schämen. Er kämpfte mächtig mit sich selbst und unternahm kleine Reisen in die Nachbarschaft. Allein er fühlte wohl, so lange er im Zauberkreise der schönen Helene atmete, wäre für ihn keine Genesung zu erwarten. Um diese Zeit erfuhr er durch ein Gerücht, was man ihm im Hause von Helenens Eltern sorgfältig verschwiegen hatte. Herr von Asperlin aus Raron, der Helenen in Lausanne kennen gelernt und ihr den Hof gemacht hatte, war durch Erbschaft zu beträchtlichen Reichtümern gelangt. Der Kriegsdienste satt, war er nun entschlossen, im Vaterlande zu bleiben, und hatte bei Helenens Eltern förmlich um die Hand ihrer Tochter geworben. Die Eltern fanden sich durch den Antrag sehr geehrt, und hatten ihn genehmigt; Helene aber, die auch ihr Köpfchen hatte, lachte über Herrn von Asperlin und seinen Reichtum, wollte nicht Oberherrin von Bavois werden, und setzte den Beschwörungen ihrer stolzen Mutter und dem Drohen ihres gestrengen Vaters ein festes, entschiedenes Nein entgegen. Nun wußte wohl Olivier um Asperlins Bewerbung, aber nicht von Helenens Widerwillen gegen dieselbe. Er fiel auf den Gedanken, Asperlin sei ein beglückter Nebenbuhler, und er schwor ihm tausendmal den Tod. Wenn er es aber recht vernünftig überlegte, fand er doch, mit dem Tode des Nebenbuhlers sei ihm am Ende auch wenig geholfen, und dieser quälende Gemütszustand machte ihn ganz niedergeschlagen und traurig. Helene bemerkte es und gab sich alle Mühe, ihren Freund zu erheitern.

»Wie soll ich denn heiter sein, da ich unglücklich bin?« sagte er. »Ich liebe Sie, ich bete Sie an, Fräulein, und Sie sind schon einem andern versprochen! Sie sind die Braut des Herrn von Asperlin.«

Helene lächelte unbefangen und erwiderte:

»Ich bin niemandes Braut. Herr von Asperlin ist mir unausstehlich geworden, seit er um mich wirbt. Bleiben Sie mein Freund, aber beten Sie mich nicht an. Ich habe ein Herz, das von jeher der Freundschaft fähig war. Aber das Lieben und was man sich darunter denkt, halte ich für eine wahre Narrheit, die, wie ich es bei andern gesehen habe, in wahre Tollheit ausarten kann. Ich hoffe, Sie sind ein vernünftiger Mann, lieber Olivier, und werden es bleiben! Ich habe zum Ehestande einstweilen herzlich wenig Lust. Wir sprechen also nicht weiter darüber, und somit ist die Sache jetzt abgethan!«

Dabei blieb es. Bei Helenen war die Sache nun wirklich abgethan, aber nicht so geschwind bei Olivier; doch mußte er sich in sein Schicksal fügen. Zum Glück gab es für ihn bald Zerstreuungen, die ihm wohl thaten.

Unerwartet – denn schon lange hatte Olivier vergebens gehofft – trat eines Tages sein Freund Cugny zu ihm ins Zimmer. Olivier war berauscht vor Freude und all sein Kummer verflog. Er stellte den Freund seinen Eltern vor, der bei ihnen Wohnung nehmen mußte. Das ganze Städtchen sprach vom Glücke des ehemaligen Ziegenhirten, und wo er durch die Straßen ging, riß man die Fenster auf. Wer hätte dies je denken sollen! rief jeder, der ihn sah. Seine stolze Haltung, das kühne Wesen, die feine Gewandtheit und die Anmut seiner Gesichtszüge nahmen jedermann für ihn ein.

Cugny besuchte der Reihe nach seine noch lebenden Verwandten – der Vater war schon tot –, dann mußte ihn Olivier auch zu ihrer ehemaligen Zeltkrämerin Helene führen.

»Sie ist ein bildschönes Mädchen,« sagte Olivier zu ihm, »aber kalt und spröde wie Eis. Bewahre Dein Herz!«

Helene hatte Cugny's Ankunft schon durch das Gerücht vernommen. Sie erinnerte sich noch ziemlich klar des hübschen Ziegenknaben und fand das Gerede, wie schön er nun geworden, ganz natürlich. Als er aber an Olivier's Seite zu ihren Eltern in's Zimmer trat, schien sie wie von einem angenehmen Schrecken gelähmt; kaum konnte sie die ersten allgemeinen Höflichkeiten erwidern. – Cugny's Blick ruhte, unter angenehmen Erinnerungen, mit Wohlgefallen auf dem reizenden Bilde. Ihre Augen glänzten ihm in einem helleren Lichte, und wenn sie ein Wort zu ihm sprach, erglühten ihre Wangen in einer fieberhaften Röte. Zum Glück beachtete das niemand als Cugny, der das für des hübschen Mädchens Art nahm und während seines kurzen Aufenthalts in La Sarraz fleißig wiederzukommen versprach.

Das verstand sich unter Nachbarsleuten von selbst, denn wohin sollte man in der kleinen Stadt gehen, ohne beständig auf einander zu treffen? Man gab sich gegenseitige Mahlzeiten, machte miteinander gemeinschaftliche Spaziergänge und kleine Lustfahrten. Natürlich, die Gegenden, wo einst der Krieg mit den Ziegenherden geführt worden war, blieben dabei nicht vergessen. Auch Helene machte diesen Gang zur Feier angenehmer Erinnerungen mit, jedoch fein ehrbar in Gesellschaft von Vettern und Basen.

Merkwürdig war, daß bei diesen Spaziergängen sich das alte Verhältnis gewöhnlich wiederholte, welches schon in den Kinderjahren stattgefunden. Wenn nämlich Olivier Helenen hinausführte, geriet sie zuletzt durch eine Verkettung von Zufällen immer an Cugny's Arm. Wandelten die beiden aber nebeneinander, so vergaßen sie Olivier, Gesellschaft, Weg und Steg und es war ihnen zu Mut, als gingen sie beide allein über den Erdball spazieren.

Acht Tage waren bald vorbei und Cugny rüstete zur Abreise. Helene bat dringend, noch acht Tage zuzugeben, dann wolle sie zufrieden sein. Cugny gehorchte der zauberischen Gebieterin ohne Widerstand. Aber sie lohnte es ihm auch süß. Es wurde ewige und unwandelbare Treue geschworen und die Unterhaltung eines regen Briefwechsels beschlossen; alles, um sich über den Schmerz des Scheidens zu trösten. Daß Cugny gelobte, in einem oder in zwei Jahren zu kommen, seine Braut zu fordern, oder, wenn man sie verweigern würde, sie mit Gewalt wegzunehmen, versteht sich von selbst.

Die zweite Woche verstrich noch schneller als die erste. Cugny flog über die Alpen nach Italien.

6.

In La Sarraz war keinem Sterblichen beigefallen, daß sich zwischen beiden Leutchen so schnell ein so inniges Verständnis entwickelt habe. Cugny und Helene waren in der letzten Stunde, nämlich vor anderer Augen, ganz dieselben geblieben, wie in der ersten. Selbst Olivier hatte nicht den leisesten Argwohn; vielmehr schien ihm Helene nach Cugnys Abreise sanfter, ja er hätte glauben mögen, zärtlicher, als sonst. Er nahm dieses für ein aufkeimendes Gefühl, dessen sie sich ehemals gegen ihn unfähig gestellt hatte. Gewiß ist, daß sie lieber als sonst seine Gesellschaft suchte, traulicher zu ihm redete, daß er, als Cugny's Busenfreund, ihr nun eine heilige Person geworden war, oder daß sie eine Wonne darin fand, nur von Cugny erzählen zu hören.

Helenens Eltern bemerkten mit Unruhe diese engere Freundschaft und hätten viel darum gegeben, Olivier wäre tausend Meilen weit von La Sarraz, denn die Heiratsverhandlungen mit Herrn von Asperlin waren schon weit gediehen, und es war den guten Leuten alles darum zu thun, ihre Tochter als die Frau Oberherrin von Bavois verehrt zu sehen. Sie konnten sich daher nicht enthalten, dem Herrn von Asperlin mancherlei Besorgnisse zu äußern, deren Folge war, daß Asperlin sich selbst schnell nach La Sarraz aufmachte, wo er im Hause von Helenens Eltern, als künftiger Schwiegersohn, wohnte.

Diese erste Zusammenkunft zwischen Olivier und Asperlin war wie sich denken läßt. Die Herren gingen mit kalter Höflichkeit um einander herum und beide thaten, als hätten sie sich nie gekannt oder gesehen. Helene behandelte den ihr bestimmten Gemahl mit stolzer Kälte und legte es darauf an, ihn durch jede Art von Beleidigung zurückzuschrecken. Alle Vorwürfe ihrer Eltern fruchteten nichts.

Aber auch Asperlin machte sich aus dem widerspenstigen Betragen des närrischen Mädchens nichts und er sagte ohne Umschweife: Einmal Hochzeit gehalten und der ganze Handel steht anders! Die Eltern waren ebenfalls der Meinung und in ihrer Art so eigensinnig, wie es die Tochter auf andere Art war. Wie sehr auch Helene sich sträubte, wie sie weinen, bitten, drohen mochte – die förmliche

Verlobung mit Herrn Asperlin wurde vollzogen und Helene mußte sich gefallen lassen, als Braut des Oberherrn die Glückwünsche des ganzen Städtchens anzunehmen.

Niemand litt dabei so sehr als Olivier. Er schwor, zu ihrer Rettung alles aufzuopfern, und er fragte sie in seiner Verzweiflung sogar, ob er sie mit Gewalt befreien und den elenden Asperlin, mit welchem er ohnehin noch einen alten Handel abzuthun habe, aus der Welt schaffen solle? Sie antwortete ruhig: »Es ist nicht der Mühe wert. Das Glück hat seine Launen. Sie könnten sich verrechnen und wider Erwarten das Los ziehen, welches Sie ihm zudenken.«

Um so überraschender war es ihm, als ihn Helene eines Tages auf die Seite zog und sagte:

»Mit dem Schlage neun Uhr diesen Abend kommen Sie in das Gärtchen hinter dem Hause, aber fehlen Sie nicht!«

Wie bitterböse er auch auf Helene sein mochte, fehlte er doch nicht. Um neun Uhr, da alles dunkel war, stieg er über den Zaun und stand im Gärtchen.

Asperlins Braut kam einen Augenblick später. Sie führte ihn in eine Gartenlaube, schloß seine Hand in die ihrige und sagte:

»Lieber Olivier, Sie haben mehrmals geschworen, für mein Glück alles zu opfern!«

»Ich bin ein Mann von Wort.«

»Sie wollen?«

»Ja! Stellen Sie mich auf die Probe! Ich stürze mich in den Tod, wenn Sie es wollen.«

»Gut! So erkläre ich Ihnen, daß ich Asperlins Gemahlin nicht werde.«

»Ist's möglich? Warum gaben Sie die Verlobung zu?«

»Lassen Sie das für den Augenblick gut sein und hören Sie! Meine Eltern opfern mich ohne Erbarmen den Reichtümern des Herrn von Bavois auf, darum habe ich keine Eltern mehr und stehe allein. Die angedrohte Vermählung ist unaufschieblich. Morgen verlasse ich deshalb heimlich dies Haus und La Sarraz. Ich habe in Frankreich

Verwandte. Wollen Sie mich begleiten? Meine besten Sachen sind schon acht Tage vorausgeschickt.«

Olivier erschrak, aber ohne Bedenken sprach er sein Ja.

Da fühlte er sich von Helenens Armen umfangen und ihre Lippen im heißen Kusse auf seinen Lippen. Er war berauscht. Was hätte er für diesen Kuß nicht gewagt! Die ganze, so lange und mühselig unterdrückte Glut seiner Leidenschaft schlug ungestüm in heller Flamme auf.

Helene aber drängte ihn sanft zurück und sprach:

»Schicken Sie Ihre Diener noch diese Nacht auf dem Wege nach Jougne voraus! Morgen, um zehn Uhr nachts, erwarten Sie mich am Kreuzweg vor dem oberen Thor. Besorgen Sie ein Pferd für mich, das sicher geht!«

Er wollte antworten, aber Helene war mit dem letzten Worte fortgeflogen,

Olivier stieg selig über den Zaun zurück und vollzog die überraschenden Befehle seiner schönen Gebieterin; er schickte die Diener in aller Stille voraus, packte seine Sachen und schrieb einen Abschiedsbrief an seine Eltern, worin er ihnen sagte, daß er sich und ihnen durch die plötzliche Abreise den Schmerz des mündlichen Lebewohls ersparen wolle, und ließ folgenden Tages den Brief zurück, als er nachmittags unter dem Vorwande fortritt, einen Freund in Lausanne auf einige Tage besuchen zu wollen.

Weit aber ritt er nicht, sondern nur bis zu einem Waldhause, wo einer seiner Diener mit einem Handpferde für Helene auf ihn wartete. Mit dem Schlage zehn Uhr des Nachts war er wieder vor dem Thore von La Sarraz. Bald darauf erschien Helene. Sie war als Knabe gekleidet und, einem jungen Reitknecht ähnlich, in einen Mantel gehüllt, Olivier hob sie auf's Pferd, und man trabte davon. In der Morgenfrühe traf man die vorausgeschickten Diener mit wohlgeruhten Pferden am bestimmten Orte. Olivier und Helene bestiegen die frischen Pferde und setzten ihren Weg eiligst fort. Erst gegen Abend wurde in einem Flecken, in einem engen Thale gelegen, Halt gemacht. Gern wäre Olivier mit seiner Geliebten noch bis zum nächsten Städtchen gereist, um ihr eine bequemere Herberge zu schaffen. Allein Helene schwor, sie sei so ermüdet, daß, wenn sie noch einen Schritt weiter solle, sie den Geist aufgeben müsse.

Es war ihr wohl zu glauben, denn sie ließ sich in das Wirtshaus mehr tragen als führen. Zufrieden mit einem kärglichen Nachtessen, verlangte sie zugleich ein eigenes Zimmer und Nachtlager. Man bestimmte, mit Tagesanbruch die Reise fortzusetzen. Helene schloß ihren Befreier noch einmal dankbar in ihre Arme und begab sich in das für sie bestimmte Gemach.

Olivier, von zwei schlaflos verbrachten Nächten und dem langen Ritt nicht wenig ermüdet, warf sich in seinen Kleidern aufs Bett, nachdem er vorher Degen und Pistolen auf jeden Fall bereit gelegt hatte. Den Wirtsleuten befahl er, ihn zeitig zu wecken; dann sank er in einen festen, erquickenden Schlaf.

Des Morgens, als der Tag zu grauen begann, wurde er geweckt. Er sprang fröhlich auf, gebot, die Pferde vorzuführen und wollte sich selbst in Helenens Gemach begeben, um die holde Schläferin zu wecken. Die Thür war verschlossen. Er pochte leise an, er pochte lauter; es kam keine Antwort und ihm wurde bange. Er rief und pochte umsonst. Die Wirtsleute besorgten, dem jungen Herrn möchte ein Unfall begegnet sein. Olivier selbst wurde von nicht unbegründeter Besorgnis ergriffen, das Fräulein könne von den Wirkungen der unmäßigen Anstrengung des vorigen Tages Schaden genommen haben. Er sprengte in unbeschreiblicher Angst die Thür und sah mit noch unbeschreiblicherem Erstaunen das Zimmer leer. Ein Fenster stand halb offen, und es war nicht zu bezweifeln, daß das arme Mädchen geraubt worden war. Asperlin mußte die Spur der Flüchtlinge entdeckt haben.

Inzwischen versicherte der Wirt, dessen Weib, Knechte und Mägde, es habe in der ganzen Nacht Totenstille im Hause geherrscht; es sei kein Fremder angekommen, nicht einmal ein Pferd oder Wagen vorbeigegangen. Man durchsuchte noch einmal das ganze Haus, alle Plätze vor und hinter demselben, um eine Spur von der Verschwundenen zu entdecken . . . alles fruchtlos.

Olivier kam fast von Sinnen. Geraubt war sie und von keinem anderen als dem feigen Asperlin, der das arme Mädchen vermutlich im Schlaf überfallen, geknebelt, mit seinen Helfershelfern zum Fenster hinaus und auf ein bereit gehaltenes Pferd geworfen hatte. Rasch befahl Olivier seinen Dienern, aufzusatteln. Dann sprengte er mit ihnen den Weg nach La Sarraz zurück, fest entschlossen, das Leben daran zu setzen, um Helenen zu befreien.

Unterwegs wurde jeder, dem man begegnete, ausgefragt. Er hörte von Reisenden Nachricht aller Gattung, ohne bestimmt etwas von denen zu erfahren, die er suchte. Der Tag endete, und er hatte die Räuber Helenens nicht, ja selbst nicht einmal Spuren von ihnen gefunden.

Darum beharrte er fest bei dem Vorsatze, folgenden Tages nach La Sarraz zu gehen, und mit erster Morgendämmerung machte er sich wieder auf.

Kaum war er aber einige Stunden geritten, als er seitwärts Pferdegetrappel hörte. Aus einem Nebenwege sprengten Reiter gegen ihn an, deren Vorderster ihm, den Säbel in der Faust, ein Halt! zudonnerte.

Es war der Herr von Asperlin.

»Ehrenräuber! Jungfrauenschänder! Gut, daß ich Dich habe!« schrie Asperlin. »Herunter vom Pferde! Ich fordere Rache. Du sollst die Entführung meiner Braut mit Blut bezahlen, verruchter Pascha!«

Mit diesen Worten sprang Asperlin vom Pferde; seine Leute, alle bewaffnet, umringten Oliviers Diener und versicherten sich derselben.

Olivier, mit einem Sprunge vom Pferde, fuhr, ohne ein Wort zu verlieren. seinem Gegner mit der Klinge auf den Leib. Ihr Fechten war von kurzer Dauer. Asperlin fiel tödlich verwundet; seine Leute sprangen voll Schrecken herbei. Olivier kniete neben dem Sterbenden nieder und sagte:

»Unglücklicher, der Pascha hat Dir den längst verdienten Lohn gegeben! Warum verfolgst Du mich von jeher? Bekenne, wohin hast Du Helenen gebracht, und scheide nicht mit einer Lüge aus dieser Welt!«

»Bösewicht!« rief Asperlin. »Mein Blut komme über Dich! Du hast Helenen geraubt! Gieb das Kind seinen Eltern zurück, oder Du stirbst unter Henkershänden!«

»Lüge nicht in Deiner letzten Stunde!« erwiderte Olivier. »Sage mir, wo ist Helene?«

»Das weißt Du besser als ich. He, Leute, kommt mir zur Hülfe!«

Oliver fragte Asperlins Begleiter Mann für Mann. Jeder sagte, sie wären mit ihrem Herrn ausgewesen, das Fräulein zu suchen: man habe Olivier in Verdacht, daß er sie entführt habe.

Nun sah er wohl, daß Asperlin an Helenens Wiederentführung unschuldig sei. Er warf sich auf's Pferd, winkte seinen Dienern und jagte davon, den Weg zurück, den er gekommen.

Abends erreichte er das Wirtshaus wieder, wo er die Geliebte verloren hatte. Dort wußte noch immer niemand, wohin das Fräulein geraten sei. Man hatte die sorgfältigsten Nachfragen und Nachforschungen angestellt. Im ganzen Flecken war die Geschichte bekannt geworden und jedermann im Ort hatte, aus eigener Neugierde getrieben, gespäht und gesucht.

Die Sache blieb dem armen Olivier unerklärlich und Helene für ihn verloren. Seines Bleibens war nach allem Vorgefallenen nun in dieser Gegend nicht länger mehr. Er mußte in Eile die Schweiz verlassen, weil er voraussah, wegen der Entführung Helenens und der Tötung des Herrn von Bavois im Zweikampf würden alle Gerichte und Obrigkeiten auf ihn Jagd machen lassen. Er schied daher schon früh morgens aus dem Unglückshause, eilte über den Rhein nach Deutschland und reiste zu seinem Regimente zurück.

7.

Alles, was Olivier während seiner Abwesenheit vom Regiment erlebt hatte, erschien ihm, als er nun wieder in das ewige Einerlei des Garnisondienstes eingetreten war, wie ein leerer Traum. Es verschwand auch die Einbildung, da Jahre und Tage vorübergingen, ohne daß er durch Freunde in seiner Heimat, denen er anfangs oft genug schrieb, weitere Aufschlüsse über das rätselhafte Schicksal Helenens empfing. Er hatte das Mädchen wirklich leidenschaftlich geliebt, und dachte auch nach Jahren nicht ohne innere Bewegung an dasselbe. Allein der Jüngling reift mit der Zeit zum Manne und sieht die Schwärmereien des Jünglingsherzens mit anderen Augen an. Indessen eine Wirkung jener Tage war geblieben, daß er nämlich kein Mädchen auf der Welt so schön, so liebenswürdig fand, wie Helene gewesen.

Da nach einigen Jahren seine Eltern gestorben waren, dachte er wenig mehr nach La Sarraz zurück. An Heimkehr war, wegen der unerloschenen Rache von Asperlins und Helenens Verwandten, nicht mehr zu denken. Also war der Entschluß leicht, zeitlebens Kriegsmann und als solcher auch Hagestolz zu bleiben.

So verstrichen zehn Jahre ohne besonders merkwürdige und für unsere Leser mitteilenswerte Ereignisse für Olivier und er blieb dem gefaßten Entschlusse treu. Zwar lächelte ihn wohl manche Schöne bedeutsam an, denn er war in seinem sechsunddreißigsten Jahre noch ein schöner Mann, der wohl ein zartes Herz rühren konnte. Allein er hatte den Gedanken an irgend eine Liebschaft oder Vermählung gänzlich aufgegeben. Er weihte sich ganz dem Kriegsdienste, und das Angenehmste, was ihm widerfahren konnte, war die Ankündigung eines neuen Feldzuges.

Die Unruhen in Siebenbürgen und Ungarn, und die Eroberungssucht der Türken ließen es daran nicht fehlen. Kaiser Leopold hatte beständig Händel mit diesen. Im Jahre 1663 fiel der tapfere und kluge Großvezier Achmet Kiuperli an der Spitze von hundertundvierzigtausend Mann in Ungarn ein. Der Kaiser, in großer Not, rief das Deutsche Reich, rief den Papst und Frankreich zu Hilfe. Nur sehr mäßig wurde sie ihm geboten, denn von Frankreich kamen nur sechstausend Mann, und was das Deutsche Reich sandte, betrug kaum fünfzigtausend.

Olivier hatte sich in diesem Kriege bei vielen Gelegenheiten während des ersten Feldzuges rühmlich ausgezeichnet. Es fehlte bei einem Gefechte wenig, so wäre er in türkische Gefangenschaft geraten. Doch hieben ihn seine Soldaten frei und er kam mit einer schweren Wunde davon, um deren willen er nach Wien zurückgeschickt wurde.

Nach einigen Monaten war seine Genesung eingetreten und er wieder bereit, auf seinen Posten abzugehen, als ihn ein unerwartetes Abenteuer länger in Wien festhielt. Er hörte eines Tages auf der Straße Trompeten und trat ans Fenster. Ein französisches Regiment zog vorbei und ihm schwanden fast die Sinne, als er in der Nähe des französischen Generals einen Offizier reiten sah, der kein anderer als Cugny sein konnte.

»Cugny! Cugny!« schrie er und breitete seine Arme nach der Straße hin aus.

Der Offizier sah hinauf zu ihm, schien bestürzt, lächelte, grüßte mit dem Degen und ritt vorbei. Später sah er sich mehrmals um und winkte. Olivier eilte dem Regimente nach und erreichte den Offizier. Es war in der That Cugny. Hand in Hand begleitete er den Freund, bis das Regiment anhielt und in die Quartiere entlassen war. Oliviers und Cugnys Freude war grenzenlos. Da noch Dienstsachen abzuthun waren, schied man auf baldiges Wiedersehen. Inzwischen ließ Olivier in seiner Wohnung ein Freudenmahl anrichten.

Gegen Abend wurde angeklopft und Helene, von Cugny gefolgt, trat ins Zimmer. Olivier stand sprachlos da, Cugny und Helene umarmten ihn abwechselnd.

»Wie kommen Sie nach Wien?« fragte er endlich Helenen.

»Mit meinem Manne!« antwortete sie. »Sollte ich ihn verlassen?«

»Ihr beide seid vermählt?« rief Olivier außer sich.

»Seit zehn Jahren. Wissen Sie das nicht? Haben Sie denn keinen meiner Briefe erhalten?« fragte Helene.

»Keine Silbe! Aber Ihr beiden vermählt? Wie ist das möglich? Ich glaube, ich träume!«

»Und wir,« sagte Helene, »wir glaubten, weil Sie uns keiner Antwort würdigten, Sie wären voll unversöhnlichen Zorns gegen uns und besonders gegen mich. Also, lieber Olivier, Sie wissen gar nichts? So muß ich, was ich mit Thränen schriftlich vergebens gethan, noch einmal thun und mündlich um Ihre Verzeihung bitten. Nicht so, lieber Freund, Sie verzeihen mir?«

Mit diesen Worten schloß ihn das reizende Weib in ihre Arme und küßte ihn herzlich.

Wer hätte da nicht gern auch Todsünden vergeben? Nur wußte Oliver nicht, was er zu verzeihen hatte. Doch nachdem die ersten Fragen, Umarmungen und Aufwallungen vorüber waren und man ruhig beisammensaß, klärte sich alles auf. Helene erzählte ihre Geschichte ungefähr folgendermaßen:

»Sie erinnern sich, guter Olivier, meines Verhältnisses im väterlichen Hause zu La Sarraz! Ich gestehe es, Sie waren mir lieb, recht lieb, wie Sie mir es noch heute sind, aber ich glaubte an keine Leidenschaft. Indessen wurde ich bestraft, denn wie mein Mann hier, der Wildfang, erschien, wußte ich bald, was Leidenschaft und Liebe sei. Ich kann nun nicht sagen, wie es kam, daß ich binnen wenigen Tagen und Stunden gegen ihn vertrauter geworden bin, als ich es vorher nicht in Jahren gegen Männer werden konnte. Er erfuhr mein trauriges Verhältnis und schlug mir vor, mit ihm zu fliehen. In meiner verzweifelten Lage und da ich fühlte, ohne Cugny nicht leben zu können, willigte ich in alles. Was nötig war, wurde verabredet, als er nach Mailand ging. Wir schrieben nun einander heimlich. Ich machte meine Eltern, meinen Bräutigam sicher und schickte meine Kostbarkeiten nach Basel voraus, sobald mir Cugny seine Rückkunft meldete. Tag, Stunde und Ort wurden bestimmt, wo wir zusammentreffen wollten. Ich vertraute mich Ihnen an und entkam glücklich. Weil ich gewiß wußte, daß Cugny meiner schon in der Nähe warte, drang ich darauf, wenn Sie sich dessen noch erinnern, in dem elenden Wirtshause zu bleiben, wo wir übernachteten. Kaum glaubte ich, daß alles schlafe, machte ich mich auf, und ging, so müde ich war, zum Flecken hinaus, die Straße nach dem Städtchen entlang, wohin Sie mich noch an demselben Abend hatten bringen wollen. Aber ich wußte, daß Cugny schon dort war, daß er, von dort her, mir um Mitternacht entgegen gehen wolle . . . In der That, ich war noch keine Viertelstunde gegangen, da traf ich ihn. Sein leichter Wagen stand am Eingange eines Gehölzes. Ich war unbeschreiblich glücklich. Wir fuhren davon und kein Hindernis, kein Verrat traf uns. Er brachte mich nach Brüssel, wo ich sein Weib wurde, und mein erstes war, Ihnen alles zu schreiben und mir Ihre Verzeihung zu erflehen, da ich Ihre Großmut so grausam miß-braucht hatte. Wir erhielten aber niemals eine Antwort.«

So ungefähr erzählte Helene, und Cugny setzte hinzu.

»Du warst in den seligen zehn Jahren, die wir seitdem zusammen verlebt haben, unser tägliches Gespräch. Sieh', in der Hoffnung, wenn Du noch am Leben wärest, Dich zu finden, oder wenigstens eine Nachricht von Dir, war es mein höchster Wunsch, mit den Hilfstruppen, die unser König Deinem Kaiser schicken sollte, nach Ungarn zu gehen. Es gelang mir durch Empfehlungen, in Colignys Korps versetzt zu werden, und das Glück ist mir holder gewesen, als ich hoffen konnte. Wir haben Dich nun! Du wirst uns verzeihen. Sieh',« fuhr Cugny fort, und zog das Messer mit der Perlmutterscha-le hervor, »sieh', Olivier, das alte Messer lebt noch! Es hat unsere Freundschaft noch nicht zerschnitten.«

Olivier drückte den Freund mit Innigkeit an sein Herz und sagte lachend:

»Ich hätte es wohl denken können, wie die Sache zusammenhing! Hast Du mir nicht meine ungetreue Helene schon als Knabe immer bei den Ziegenherden weggekapert? Ich zürne dem schönen Paris nicht und will darum kein Ilion zerstören.«

8.

Drei Wochen lang lebten die glücklichen Freunde in Wien beisammen und jeder Tag war ihnen ein Fest. In Olivier regte sich zwar zuweilen die alte Glut der ersten Leidenschaft für Helene noch unter der Asche, aber er besiegte sie männlich. Die Liebe ging in zärtliche Freundschaft über. Helene war ohne Schwäche, Cugny ohne Eifersucht. Cugnys Regiment brach nach Ungarn auf und er ließ seine Gemahlin in der Sicherheit der Hauptstadt zurück, mit der Hoffnung, sie nach Beendigung des Feldzuges, während des Winters, zu sich zu rufen, Olivier mußte wenige Tage nach ihm zu seinem Regimente, doch verließ er Wien nicht, bis er seine schöne Freundin vollkommen wohl versorgt wußte.

Ich mag weder den Schmerz der glücklichen Menschen bei ihrer Trennung, noch den Feldzug in Ungarn beschreiben. Es ist bekannt, daß der Großvezier Achmet Kiuperli gegen die Raab vordrang, daß sich der kaiserliche Feldherr Montecuculi ihm bei dem Flecken St. Gotthard entgegenlagerte; daß es hier endlich am 1. August 1664 zur entscheidenden Schlacht kam, in welcher die Christen einen vollkommenen Sieg über die Verehrer Muhameds erfochten. In dieser Schlacht focht auch Olivier mit gewohntem Heldenmut. Die Türken leisteten mörderischen Widerstand; links und rechts fielen die Tapfersten von Oliviers Waffengenossen; er aber drang vor mit denen, die ihm blieben, und hatte außer der Ehre, zu dem großen Siege reichlich mitgewirkt zu haben, indem er, als ältester Hauptmann, die Trümmer seines Regimentes befehligte, noch das Glück, vom Oberfeldherrn bemerkt zu werden, Montecuculi ernannte ihn noch auf dem Schlachtfelde zum Major.

Die Siegesfreude, wie das Vergnügen, welches ihm seine Beförderung gewährte, wurde aber nach einigen Tagen schrecklich gestört. Bekümmert um das Schicksal seinem Freundes, der ebenfalls in der Schlacht bei St. Gotthard mitgestritten, erkundigte er sich nach dem Zustande der französischen Regimenter. Er empfing die Anzeige vom Tode des Kapitäns. Cugny, durch sein Ungestüm hingerissen, hatte sich an der Spitze einer Abteilung der Reiterei zu weit vorgewagt und wurde von einer ungeheuern Übermacht umzingelt. Als er sich abgeschnitten sah, hatte er den Seinigen befohlen, sich den

Rückweg mit dem Säbel in der Faust zu bahnen, worin er ihnen mutig voranging. Es entstand ein gräßliches Gemetzel und nur zehn oder zwölf kamen, mit Wunden bedeckt, zum Regiment zurück. Alle übrigen, unter ihnen auch Cugny, waren niedergehauen worden. Man fand nachher seinen Leichnam unter einem Haufen erschlagener Janitscharen, ganz entstellt und zertreten. So hatte der wackere Cugny geendet.

Olivier, von unbeschreiblichem Schmerze zerrissen, verfiel in wahre Schwermut und wünschte und suchte von nun an den Tod. In allen nachfolgenden Gefechten stürzte er sich, nicht mehr mit unerschrockenem Mut, sondern mit verzweiflungsvoller Tollkühnheit, in die augenscheinlichste Gefahr. Er fand den Tod nicht.

Der Feldzug endete zu früh für ihn. Der kaiserliche Hof erneuerte ungeachtet des glänzenden Sieges bei St. Gotthard den Waffenstillstand mit der Pforte auf zwanzig Jahre. Die Regimenter rückten in ihre Garnisonen und Olivier kam nach Neuhäusel.

Sobald er Urlaub erhalten, begab sich Olivier nach Wien. Die schöne Witwe empfing den Freund ihres Mannes mit erneuter Heftigkeit des Schmerzes. Es wurde beschlossen, Frau von Cugny solle die Erbschaft ihres Mannes, sowie ihr eigenes Vermögen, zu Brüssel in Empfang nehmen und sich dann in die österreichischen Staaten zu ihrem und ihres Mannes treuem Freunde begeben.

Sie reiste ab. Die Zerstreuung war ihrem Gemüte wohlthätig, doch verstrich mehr als ein Jahr, ehe sie die Geschäfte in den Niederlanden abgethan hatte. Unterdessen war der Briefwechsel zwischen ihr und Olivier desto lebhafter. Olivier war noch immer der Alte; das heißt, er konnte sein Herz nicht verwandeln. Die ehemalige kleine Zeltkrämerin ... die aufgeblühte Jungfrau, die ihn nur Freund nennen wollte ... die reizende Frau von dreißig Jahren im Witwenschleier ... waren eine so schön, so liebenswürdig für ihn als die andere. Er schwor zwar in seinen Briefen, er liebe sie nicht mehr, er sei über alle Leidenschaft und jugendliches Aufbrausen himmelhoch erhaben, aber seine Briefe waren Feuer und Flamme, die jeder andere für Liebesglut erklärt haben würde.

Frau von Cugny kam endlich aus den Niederlanden zurück. Sie hatte ihren Freund nicht mehr in Ungarn zu suchen; er war in Wien angestellt. Bis Linz eilte er der Kommenden entgegen.

Die ersten Begrüßungen und Umarmungen waren zärtlich und ungestümer, als sich beide vorgenommen hatten, daß sie es sein sollten. Helene zerfloß an seiner Brust in Thränen.

»Ich stehe so allein in Gottes weiter Welt« sagte sie, »so verwaist, ich habe niemanden mehr als Sie, lieber Major. So gehöre ich Ihnen ganz!«

»Und wem gehöre denn ich an?« erwiderte er. »Ich bin ohne Verwandte, ohne Freund. Es ist ja des Himmels freundlichste Gunst, daß er die Gespielin meiner Kindheit mir wieder zuführt.«

In Wien hatte Olivier schon für die schöne Witwe die bequemste und angenehmste Wohnung ausgewählt, ganz in seiner Nähe. Helene wußte ihm für seine Aufmerksamkeit nicht Dank genug. Beide wurden wieder glücklicher, als sie es lange gewesen, beide wurden sich zum Bedürfnis, aber beide blieben noch in dem unveränderten Verhältnisse, wie es zwischen ihren Herzen von jeher geherrscht hatte. Das war zuletzt nicht nach Oliviers Sinn.

»Gehört mir allein in der Welt Dein Herz, Helene,« sagte er – »und wem gehört es sonst? – so gieb mir auch Deine Hand! Wozu die Scheidewand für zwei Menschen, die sonst im Leben keinen Freund mehr haben als sich?«

»Ich wollte, Olivier,« sagte Helene, »Sie begehrten es nicht von mir, aber kann Sie das glücklicher machen, so bin ich schuldig, es nicht zu verweigern. Ich habe kein Recht, Ihnen irgend etwas abzuschlagen.«

Dies Jawort hätte freilich auf zärtlichere Weise gegeben werden können; aber Olivier versöhnte sich mit den herben Worten von so schönen Lippen.

So ward Helene Oliviers Gemahlin. Sie waren das liebenswürdigste, das stillglücklichste Paar. Im Umgang mit wenigen, aber edelsinnigen Freunden verfloß ihr Leben – in selten gestörter Heiterkeit.

Nachdem ihre Ehe neunzehn Jahre gedauert hatte, starb Helene. Schrecken und Not während der Belagerung Wiens durch die Türken im Jahre 1683 trug viel zur Verschlimmerung ihrer begonnenen Krankheit bei.

Ihren Tod glaubte der treue Oliver nicht überleben zu können; er suchte mutwillig bei jedem Ausfall gegen die Türken auch den seinigen, ohne seinen Wunsch erfüllt zu sehen. Die kaiserlichen Soldaten glaubten zuletzt, er verstehe etwas von der schwarzen Kunst, er könne sich stich-, hieb- und kugelfest machen, denn wenn rings umher alles unter dem feindlichen Geschosse zusammenstürzte, blieb er unversehrt.

Wien wurde endlich durch den Heldengeist des Polenkönigs Johann Sobieski vor der Gewalt der Osmanli bewahrt. Die Türken flohen nach Ungarn und weiter zurück, aber die Festungen dieses Landes waren in ihrer Gewalt geblieben, selbst die alte Hauptstadt der Magyaren auf einer Höhe an der Donau, Ofen, oder wie es die Ungarn heißen, Buda. Diese Stadt betrachteten die Türken als ihre Vormauer gegen die Christenheit der Abendländer; deswegen hatten sie hierher den Kern ihrer Truppen gelegt und Apti Pascha, dem kühnsten, einsichtsvollsten und glücklichsten der ottomanischen Feldherren, den Oberbefehl über diese ungarische Veste übertragen.

9.

Man schlug sich im Ungarlande ein paar Jahre lang vergeblich herum. Buda schien durchaus uneinnehmbar. Im Sommer 1686 rückte der Herzog von Lothringen mit frischer Kraft vor den Platz; unter ihm dienten der Kurfürst Maximilian Emanuel von Bayern und Fürst Ludwig von Baden, also drei der damals namhaftesten Feldherrn vereinigten sich zum Untergange Budas. Die Belagerung wurde mit unsäglichem Eifer betrieben, aber durch Apti Paschas kluge und mutige Verteidigung in die Länge gezogen.

Inzwischen rückte man mit den Laufgräben und Schanzen der starken Festung doch immer näher und endlich schickte der Herzog von Lothringen den Grafen von Königsegg mit einem Briefe und der Aufforderung an den Pascha, sich zu ergeben. Der Pascha antwortete: »Leichnam und Schutt«, und sein Brief war in blutrote Seide gewickelt, um den Inhalt desselben ahnen zu lassen.

Diese lakonische Antwort erbitterte die Belagerer; sie verdoppelten ihre Arbeiten. Der Pascha mochte wahrscheinlich auf Hilfe vom Großvezier rechnen, der mit einem Beobachtungsheer in der Nähe stand; allein dieser wurde von dem Herzoge von Lothringen geschlagen und unterdessen in die Mauern von Buda Bresche geschossen. Als die Bresche groß genug war, beschloß man einen Sturm zu wagen. Allein die verzweiflungsvolle Tapferkeit des Paschas erregte mancherlei Bedenken. Man hoffte, wenn man ihn nochmals aufforderte, ihm glänzende und ehrenvolle Anträge machte, würde er vielleicht jetzt geneigter sein, sich in Übergabeunterhandlungen einzulassen. Olivier empfing den Auftrag, sich nach Buda zu begehen und den Pascha zur Übergabe zu bewegen, weil derselbe doch keine Hoffnung mehr auf Entsatz habe: widrigenfalls jedoch dem Pascha zu erklären, daß man beim nächsten glücklichen Sturm ihn und die ganze Besatzung über die Klinge springen lassen würde. Major Olivier gehorchte, und begleitet von einem Offizier, einem Dolmetsch und Trompeter, ritt er vor die Festung. Er wurde eingelassen und sogleich in den Palast des Paschas geführt.

Apti Pascha, ein starker, kräftiger und man kann sagen schöner Mann von fünfzig bis sechzig Jahren, empfing den Abgeordneten des christlichen Heeres mit jenem angebornen ruhigen Stolz, der den Türken so wohl ansteht. Es war etwas gewaltiges, majestätisches in seinem Wesen, welches durch die weite und reiche Tracht der Morgenländer noch erhöht wurde. Er gab mit der Hand einen Wink, und Olivier machte seinen Antrag mit der Würde, Festigkeit und schonenden Höflichkeit, wie die Feldherren ihm befohlen hatten. Der Pascha stand mit der ganzen Ruhe des Siegers vor ihm und verwandte kein Auge von dem Redenden, bis der Dolmetsch den Vortrag Oliviers türkisch wiedergab. Da stieg in den Mienen des Paschas ein wunderbares Lächeln auf.

Olivier bemerkte es und erwartete die Erklärung des stolzen Muselmannes. Dieser aber schwieg lange und schien zweifelhaft, welchen Entschluß er fassen solle. Endlich fragte er durch den Dolmetsch den Major, wie er heiße, woher er sei, wie lange im Dienst, von welchem Regiment. Olivier beantwortete die Fragen kurz und bat den Pascha um gefällige Erklärung wegen der Übergabe von Buda. Der Pascha aber ging nachdenkend durch den prächtigen Saal, wandte sich dann im Hintergrunde desselben plötzlich seitwärts, ging in ein Nebenzimmer, kehrte nach einer Weile in den Saal zurück und trat dann vor den Major hin.

» Fa reteri té geins, y fari reteri lé min!« rief der Pascha ernst und hastig.

Olivier sah den Dolmetsch an; dieser, welcher den Pascha nicht verstand, bald den Major, bald den Pascha.

Der Türke, welcher vermutete, nicht verstanden worden zu sein, weil er zu geschwind gesprochen, wiederholte seine Worte zu Olivier sehr langsam und bestimmt:

» Te dio, fa reteri té geins, y fari reteri lé min!« (Ich sage Dir, laß Deine Leute sich zurückziehen, ich lasse die meinigen abtreten!)

Olivier war wie aus den Wolken gefallen, als er hier in Buda von den Lippen des Paschas die Sprache des Waadtlandes, das Plattfranzösische von La Sarraz vernahm; noch mehr, als Apti Pascha zwischen den Fingern das bekannte Messer mit dem Perlmutterhefte in die Höhe hielt.

Olivier beobachtete bestürzt des Paschas Gestalt und Antlitz ... wahrlich, es war Cugny und kein anderer!

Olivier hieß den Dolmetsch und den Trompeter abtreten, gleichwie Apti Pascha den türkischen Offizieren seines Gefolges befahl, ihn allein zu lassen und jenen Christen Erfrischungen zu geben.

Kaum schloß sich hinter denselben die Thür des Saales, so lagen Olivier und Cugny einander mit Freudenthränen in langer, wehmütiger Umarmung an der Brust.

»Müssen wir denn noch als Grauköpfe einander feindlich gegenüber stehen, wie einst in den Kindertagen mit den Ziegenherden?« rief Cugny. »Sage mir, wo ist unsere Zeltkrämerin, meine Helene?«

Olivier war aufs tiefste erschüttert und schluchzte laut. Dann, wie er sich gefaßt hatte, erzählte er seinem Freunde alles, was seit der Schlacht bei St. Gotthard vor ungefähr zwanzig Jahren, da man Cugnys Tod beklagte, geschehen sei, seine endliche Vermählung mit Helene, und wie sie vor etlichen Jahren gestorben sei.

»Ihre Asche ruhe sanft!« sprach der Pascha mit gebrochener Stimme, indem er seine Augen trocknete. »Ihr unsterblicher, herrlicher Geist erwartet uns drüben beide. Wir wollen nicht klagen, denn sie gehört uns ewig an. Im Palaste unseres Vaters, im Universum, ändern wir nur die Zimmer.«

»Aber Du lebst noch auf Erden?« rief der Major und betrachtete seinen Cugny, indem er einen Schritt zurücktrat. »Du ein Muselmann? Du der furchtbare Apti Pascha? Wie ist das? Ich möchte glauben, meine Augen und Ohren wären Lügner.«

»Frühstücken wir miteinander, Olivier!« sagte Cugny und führte den Major in ein prachtvolles Nebenzimmer.

Auf seinen Wink wurde ein auserlesenes Mahl aufgetragen.

10.

Sobald die Diener verschwunden und die Freunde allein waren, löste Cugny dem Major das Rätsel.

»Ich konnte mir's wohl denken,« sagte Cugny, »daß man mich zu den Toten rechnen würde, weil bei St. Gotthardt keiner, glaub' ich, von meinen Leuten am Leben geblieben ist. Ich stürzte, einer der Letzten, mit einem erschossenen Pferde, geriet unter dasselbe, wurde von den Janitscharen hervorgezogen, entwaffnet und fortgeschleppt. Ich wurde nach Konstantinopel geführt und unter Aufsicht eines provençalischen Renegaten, namens Ali Muhamed, gestellt. Mit diesem Manne wurde ich bald vertraut, denn er war ein rechtschaffener Mann, der mich besonders lieb gewann, und er war es auch, der den Großvezier, als er nach Konstantinopel zurückkam, auf meine Kenntnisse im Artillerie und Kriegsbauwesen aufmerksam machte. Ich mußte mehrere Pläne aufnehmen und der Großvezier ließ mich später selbst zu sich kommen und unterhielt sich mehrere male mit mir über die Kriegs- und Befestigungskunst. Ich hoffte, man werde mich nach dem Kriege auswechseln und freilassen. »Daran denke nicht,« sagte der Vezier, »Du bist zu den Toten gezählt und ich behalte Dich! Es steht bei Dir, in den Dienst der Pforte zu treten und frei zu werden. Nimm den Turban an; dann mache ich Dich auf der Stelle zum Aga!« Ich fand den Antrag anfangs widerlich, obgleich ich dem Minister nicht in allem Unrecht geben konnte. Ali Muhamed wendete jede Kunst der Überredung auf, mich nach dem Sinn des Veziers zu stimmen, der damals das große Reich der Osmanen in allen drei Weltteilen beherrschte. Du glaubst nicht, welche Mittel angewandt wurden, mich zu bewegen. Der Großvezier ließ mich mehrmals rufen, aber immer entließ er mich wieder im Zorn. »Du Thor!« rief er einst, »wenn uns der französische König in einem Kriege Hülfstruppen gäbe, würdest Du Bedenken tragen, mit denselben an der Seite meiner Tapfern und unter meiner Leitung zu fechten?« Als ich es verneinte, sagte er: »Du bist mein Sklave und nicht mehr Eigentum und Unterthan Deines Königs. Nun fordere ich Dich auf, an der Seite meiner Tapfern zu streiten . . . ist dies entehrend? Ich belohne Dich herrlicher, als Dich die Franken belohnen können. Wer hält Dich? Du bist durch keinen Eid mehr an die Franken gebunden, ihn brach die

Gefangenschaft, und durch das Kriegsrecht gehörst Du mir. Was hält Dich ab, wenn es nicht Dein unverständiges Vorurteil ist, einer der obersten Offiziere im Dienste der hohen Pforte zu werden?« Ich entgegnete: »Herr, wenn ich meine Religion und meinen Gott verließe, wer könnte mir Glauben und Vertrauen schenken?« Der Großvezier zuckte mitleidig die Achsel und sagte: »Thor, hast Du denn einen andern Gott als wir? Oder giebt es einen eigenen Türkengott und einen besonderen Christengott? Dein Gott ist auch der meinige und es giebt keinen anderen außer ihm. Wer verlangt, daß Du Deinen und meinen Gott verlassen sollest? Aber Deinen Glauben! Wenn Du einen bessern findest, wirst Du nicht den schlechten ohne Aufforderung verlassen? Und kennst Du schon den Glauben Muhameds, des großen Propheten?« Als ich es verneinte, sagte er: »Gehe und lerne ihn erst kennen!« Von dem Tage an empfing ich Besuche von mehreren muhamedanischen Gelehrten. Ich hatte mich während meines ersten Jahres der Gefangenschaft mit der türkischen Sprache ziemlich vertraut gemacht. Wir stritten viel über Religionssachen, wiewohl ich von Kindesbeinen an mich um Theologie nicht viel bekümmert hatte. Einer meiner Bekehrer war ein feiner Kopf; ich unterhielt mich mit ihm am liebsten. Da aber alle Mühe vergebens war, mir Geschmack an Beschneidung und Waschungen beizubringen, verließ auch er mich, wie schon die andern früher gethan hatten. Ali Muhamed kündigte mir eines Tages mit nassen Augen an, daß ich bestimmt sei, mit einem Troß Sklaven des Großveziers auf eine seiner Ländereien in's Innere Asiens geführt zu werden. Der Großvezier ließ mich an demselben Tage vor sich rufen. »Es ist das letzte Mal,« sprach er, »daß ich mit Dir rede, und das letzte Mal, daß ich Dir die Wahl biete zwischen Freiheit und Knechtschaft. Hast Du Dich eines Bessern besonnen? Hat Dein gesunder Menschenverstand obgesiegt? Wisse, noch steht es bei Dir, entweder als freier Mann im rühmlichen Kriegsdienste des Großherrn eine Deiner Gaben würdige Bahn zu betreten, oder zeitlebens in Asien als gemeiner Sklave gemeine Arbeit unter dem Stocke meiner Sklavenwächter zu verrichten, bis Du dort in schimpflicher Dunkelheit endest.« Als er so sprach und ich meine Zukunft in Asien bedachte und mich auf immer für Europa, für Dich, für Helene, für Bellefonds verloren sah, kam ich mir wie ein für das bisherige Leben Abgestorbener vor. Ich war Bürger einer zweiten Welt, ich mußte eine neue Laufbahn betreten, die mit der ersten nichts gemein hatte, und ich nahm den Turban. Ich hätte ihn früher genommen, wenn ich hätte wissen können, daß mein Weib das Deinige sei. Ich empfing den Namen Apti. Es wurde mir sogleich eine schöne Wohnung auf dem Landgute des Großveziers eingeräumt. Achmet Kiuperli sandte mir einen kostbaren Turban, ein reiches Gewand, einen von Edelsteinen blitzenden Säbel und zwei reich gearbeitete Beutel; der eine derselben war mit Goldstücken gefüllt, der andere enthielt meine Bestallung als Aga oder Oberst.«

11.

»Von nun an wurde mein Leben thatenreich!« fuhr Cugny fort. »Seit mehr denn zwanzig Jahren belagerten die Türken die starke Stadt Kandia, die Hauptstadt der großen Insel dieses Namens. Die Venetianer fochten hinter den Wällen und Mauern der Festung gleich Verzweifelten. Achmet Kiuperli setzte seinen Stolz darein, die unbezwingbar scheinende Stadt zu nehmen. Er ging im Jahre 1666 mit einer furchtbaren Macht dahin. Auf meinen Rat und unter meiner Leitung wurde eine Menge Belagerungsgeschütz gegossen und ich leitete die verschiedenen Arbeiten und Angriffe. Es gelang. Kandia fiel nach drei Jahren in unsere Gewalt. Schon während der Belagerung empfing ich die Serastierwürde, die der eines Generals bei den Europäern gleich steht. Der Großvezier stellte mich sogar dem Sultan Muhamed IV. vor. Zwei Jahre später rückten unsere Truppen in Polen ein. Mir wurde die Belagerung von Kameniec übertragen. Ich eroberte die Festung im Jahre 1672. Zur Belohnung ernannte mich der Großherr zum Pascha von Bender; doch erst nach dem Frieden begab ich mich in mein Gouvernement. Hier eröffnete sich mir, neben dem Genusse alles orientalischen Luxus im Innern meines Palastes, ein großer Kreis wohltätiger Wirksamkeit. Ich versuchte es, Gerechtigkeit statt roher Willkür geltend zu machen, den Barbaren edlere Gesittung und tatarischen Halbwilden Menschlichkeit einzuflößen. So lebte ich in Bender, geehrt, geliebt, wohlthätig, und war mit meinem Loose zufrieden. Der ungarische Krieg riß mich endlich wieder aus meiner langen Ruhe Ich erhielt den Oberbefehl unter dem Großvezier Kara Mustapha, und nach dem Unglück vor Wien wurde mir die Verteidigung von Buda übertragen. Ich habe sowohl vor Wien, als hier, manchen Kriegsgefangenen um Dich befragen lassen. Seltsam, daß es immer Leute traf, die nichts von Dir wußten. Ich hielt Dich schon für tot. Wie danke ich dem Schicksal, das Dich, mein Olivier, nun so unverhofft und so sonderbarer Weise zu mir führt!«

Beide sanken einander wieder in die Arme und vergaßen für den Augenblick, welche widerwärtigen Verhältnisse sie zusammengeführt hatten. Die Morgenstunden verflossen unter tausend Erinnerungen und Erzählungen aus der Vergangenheit oder in Unterhaltungen über den letzten Krieg, über die Feldherren, über die von denselben begangenen Fehler, über die Ursachen der neueren Siege und Niederlagen. Olivier gab seinem Freunde besondere, diesem bisher unbekannt gewesene Aufschlüsse über das letzte Treffen vom 14. August, in welchem der Großvezier, der nur dreißigtausend Mann bei sich hatte, dennoch aus den Verschanzungen hervorrückte und durch die Übermacht der Kaiserlichen gänzlich geschlagen worden war. Der Pascha von Buda fluchte wild und sagte: »Ich habe ihn vorher warnen lassen, der rechte Augenblick war noch nicht gekommen!«

»Auf Entsatz hast Du also nicht mehr zu hoffen!« schloß Olivier. »Du hast für Deinen und den Ruhm der Pforte genug gethan. Was Du mehr thun willst, kann nur Dein und der Pforte Verderben werden. Buda kannst Du unmöglich, aber Du kannst eine tapfere Besatzung durch ehrenvollen Abzug retten und sie dem ohnehin geschwächten Heere des Großveziers zuführen. Bresche ist bereits geschossen. Wir stehen draußen vor den letzten Mauern, und alles ist auf morgen zum allgemeinen Sturme vorbereitet. Der Platz, sag' ich Dir, wird genommen und dann dem schauerlichsten Schicksal preisgegeben werden. Wozu dieser unzeitige und fruchtlose Stolz, der einer volkreichen Stadt und einer braven Besatzung den Untergang bringt und dem Vorteil des Sultans so offenbar widerstreitet? Biete mir die Hand! Sparen wir Menschenblut! Der Herzog von Lothringen ehrt Dich, und er erklärte und befahl mir ausdrücklich, Dir zu sagen: würdest Du der Menschlichkeit Gehör geben, so werde seine Dankbarkeit gegen Dich keine andere Grenze kennen, als die Du ihr selbst setzen würdest. Biete mir die Hand! Schließen wir, um das Leben von Tausenden zu erhalten, die Bedingungen der ehrenvollsten Übergabe ab!«

Der Pascha von Buda beobachtete während dieser Rede des Majors ein düsteres Schweigen. Als Olivier aber geendet hatte und Antwort erwartete, warf der Pascha einen ernsten Blick auf den Major und erwiderte:

»Major, Du ließest da Worte von Erkenntlichkeit und Belohnung fallen, wenn ich die Festung übergeben würde. Ich hoffe, Du hältst mich solcher Niederträchtigkeit nicht fähig. Wäre das der Fall, wahrlich, Olivier, unsere Freundschaft wäre gebrochen! Ich würde Dir den Rücken zuwenden und Deine Entartung beklagen. Aber nein, ich kenne Dich! Du hattest die Aufträge für den Pascha von Buda. Du thust Deine Pflicht; ich werde die meinige thun. Dein Beispiel ist ein Beweggrund mehr für mich, zu leben und zu sterben als ein Ehrenmann. So höre denn, und sag' es Deinen Generalen wieder: In diesem Augenblicke kenne ich kein anderes Interesse als das, was Pflicht und Ehre mir auferlegen. Buda ist nicht mein, sondern des Großherrn Eigentum, es steht nicht bei mir, es seinen Feinden auszuliefern, man bringe mir denn einen Befehl dazu vom Großherrn. Aber daran ist nicht zu denken. So werde ich denn die Festung für ihn behaupten oder unter ihrem Schutt umkommen. Das ist mein unwiderruflicher Entschluß.«

Dies ungefähr war der Hauptinhalt der Antwort, welche redliche Treue und Ehrgefühl dem Pascha vorschrieben; darauf hatte die Freundschaft wieder ihre Rechte. Cugny umarmte Olivier mit Innigkeit und sagte:

»Freund, nun will ich auch meinerseits Dir einen Vorschlag thun. Eile mit meiner Antwort ins Lager zurück, erfülle morgen Deine Pflichten, aber schone Deines Lebens! Dein Leben ist mir köstlicher als mein eigenes. Und wenn, wie ich hoffe, ich mein Leben und die Festung glücklich davon bringe, Freund, dann komm und verlebe Deine alten Tage bei mir! Du sollst Ruhe, Du sollst Überfluß haben, und wegen der Religion mache Dir keinen Kummer. Wir haben beide einen Gott und einen Glauben. Was geht uns das Geschwätz der Derwische, Mönche und Priester an?«

Olivier stand eine Weile sinnend; dann sprach er:

»Der Himmel entscheidet morgen über uns. Wie aber auch das Los falle, Cugny, ich danke Dir und nehme Deinen Vorschlag an. Ich möchte noch einmal glücklich werden in dieser Welt. Ich kann es nur bei Dir sein.«

Cugny nötigte seinen Freund, eine mit Goldstücken gefüllte Börse von ihm anzunehmen. Dann schieden sie.

12.

Olivier war von dieser unerwarteten Begebenheit, der außerordentlichsten seines Lebens, durch die Menge der lebhaftesten und einander so sehr widerstreitenden Empfindungen in solcher Weise aufgeregt, daß er, als er außerhalb der Festung war, fast alle Haltung und Besonnenheit verlor. Er hörte den ihn begleitenden Offizier, der ihn um den Ausgang der Unterhandlungen befragte, gar nicht sprechen; er lachte zuweilen laut über die Unglaublichkeit und doch vollständige Wahrheit des Abenteuers und konnte sich dann wieder der Thränen nicht erwehren. Seine Begleiter sprachen geraume Zeit vergebens zu ihm. Sie fürchteten am Ende, der brave Major habe den Verstand verloren oder Apti Pascha habe ihm ein Pulver eingegeben, wovon er verrückt geworden sei.

Der Major begab sich, sobald er im Lager angekommen war, ins große Hauptquartier und stattete dort den versammelten Fürsten und ihren Generalen den Bericht über den Erfolg seiner Sendung ab. Er verschwieg ihnen auch nicht, daß eben der Pascha, von welchem er eine so entschieden verwerfende Antwort brachte, sein Landsmann, sein Jugendfreund wäre, den man seit der Schlacht bei St. Gotthard für tot gehalten habe. Er sprach mit großer Bewegung, Rührung und Bewunderung von ihm.

Die Fürsten vernahmen die Erzählung des Majors mit Erstaunen, fanden die Geschichte sehr romanhaft, machten einige witzige Bemerkungen dazu, dachten aber am meisten an das, was ihnen selbst durch den Entschluß des unerschrockenen Paschas von Buda bevorstehen möchte. Einige anwesende Offiziere, die dem Major Olivier ohnehin nicht wohlwollten, gaben den Lobreden, die er dem Pascha gehalten, nachher nicht die freundlichste Auslegung; sie ließen sogar durchblicken, Olivier möge bei seiner Sendung dem kaiserlichen Heere wohl üble Dienste geleistet haben. Olivier erfuhr dieses von demselben Hauptmann, der ihn nach Buda begleitet und welchen er zum Abendbrot eingeladen hatte. Er begab sich auf der Stelle zum Prinzen von Baden und verlangte zu seiner Rechtfertigung, man solle ihn beim Sturm des folgenden Tages auf den gefahrvollsten Posten stellen.

Die Festung wurde am andern Tage von allen Seiten bestürmt; es war der zweite September des Jahres 1686. Selten wurde in diesem Kriege mit so großer Ordnung, nach so wohlberechneten Entwürfen und mit so gewaltigem Ungestüm angegriffen; selten mit so unbeschreiblicher Todesverachtung und Wut ein Angriff nach dem andern von den tapfern Verteidigern Budas zurückgewiesen. Was Kriegskunst und große Talente leisten konnten, das wurde an diesem denkwürdigen Tage von beiden Teilen geleistet. Apti Pascha selbst befehligte da, wo der Kampf am wütendsten war – auf der Bresche. Durch seine Dispositionen, durch seine eigene und seiner von ihm selbst disziplinierten Soldaten Tapferkeit wurden die Angriffe der Belagerer jedesmal standhaft und mit ungeheurem Verluste derselben zurückgeschlagen.

Darauf ließ man, kaiserlicherseits, ein frisches Truppenkorps gegen die Bresche vorrücken. Dabei befand sich auch das Regiment Prinz Ludwig von Baden, bei welchem der Major Olivier stand. Dieser wackere Offizier näherte sich, an der Spitze seiner Leute, mitten durch das fürchterlichste Feuer des Planes, dem Hauptpunkte, wo das mörderische Gefecht stattfand. Jedermann erkannte im Hintergrunde der türkischen Besatzung den kommandierenden Pascha. Das Regiment Ludwig von Baden gab Feuer und ging im Sturmschritt mit dem Bajonett gegen die Türken vor. Man sah den kommandierenden Pascha durch einen Schuß fallen und den Major Olivier mit dem Degen in der Faust nach der Gegend dringen, wo sein Freund geblieben war. Bald aber sahen ihn die Seinigen, von mehreren Schüssen getroffen, nicht weit vom Pascha zu Boden stürzen. Die Türken, rasend über den Tod ihres geliebten Anführers, verzehnfachten ihre mörderische Tätigkeit, aber alle ihre Anstrengungen zur Verteidigung der Bresche waren vergeblich. Die Christen drangen ein und die Stadt Buda wurde mit Sturm erobert, nachdem sie dritthalb Monate lang alle Schrecken und Leiden der heftigsten Belagerung ausgestanden hatte.

So fielen diese tapfern und hochherzigen, durch das Schicksal im Kampfe sich gegenübergestellten Freunde, nachdem sie, nicht durch ihre Geburt, sondern durch eigene Verdienste zu Ruhm und Ehre gelangt waren.

 **tredition®**

Über tredition

Eigenes Buch veröffentlichen

tredition wurde 2006 in Hamburg gegründet und hat seither mehrere tausend Buchtitel veröffentlicht. Autoren veröffentlichen in wenigen leichten Schritten gedruckte Bücher, e-Books und audio-Books. tredition hat das Ziel, die beste und fairste Veröffentlichungsmöglichkeit für Autoren zu bieten.

tredition wurde mit der Erkenntnis gegründet, dass nur etwa jedes 200. bei Verlagen eingereichte Manuskript veröffentlicht wird. Dabei hat jedes Buch seinen Markt, also seine Leser. tredition sorgt dafür, dass für jedes Buch die Leserschaft auch erreicht wird.

Im einzigartigen Literatur-Netzwerk von tredition bieten zahlreiche Literatur-Partner (das sind Lektoren, Übersetzer, Hörbuchsprecher und Illustratoren) ihre Dienstleistung an, um Manuskripte zu verbessern oder die Vielfalt zu erhöhen. Autoren vereinbaren direkt mit den Literatur-Partnern die Konditionen ihrer Zusammenarbeit und partizipieren gemeinsam am Erfolg des Buches.

Das gesamte Verlagsprogramm von tredition ist bei allen stationären Buchhandlungen und Online-Buchhändlern wie z. B. Amazon erhältlich. e-Books stehen bei den führenden Online-Portalen (z. B. iBookstore von Apple oder Kindle von Amazon) zum Verkauf.

Einfach leicht ein Buch veröffentlichen: **www.tredition.de**

Eigene Buchreihe oder eigenen Verlag gründen

Seit 2009 bietet tredition sein Verlagskonzept auch als sogenanntes "White-Label" an. Das bedeutet, dass andere Unternehmen, Institutionen und Personen risikofrei und unkompliziert selbst zum Herausgeber von Büchern und Buchreihen unter eigener Marke werden können. tredition übernimmt dabei das komplette Herstellungs- und Distributionsrisiko.

Zahlreiche Zeitschriften-, Zeitungs- und Buchverlage, Universitäten, Forschungseinrichtungen u.v.m. nutzen diese Dienstleistung von tredition, um unter eigener Marke ohne Risiko Bücher zu verlegen.

Alle Informationen im Internet: **www.tredition.de/fuer-verlage**

tredition wurde mit mehreren Innovationspreisen ausgezeichnet, u. a. mit dem Webfuture Award und dem Innovationspreis der Buch Digitale.

tredition ist Mitglied im Börsenverein des Deutschen Buchhandels.

Dieses Werk elektronisch lesen

Dieses Werk ist Teil der Gutenberg-DE Edition DVD. Diese enthält das komplette Archiv des Projekt Gutenberg-DE. Die DVD ist im Internet erhältlich auf **http://gutenbergshop.abc.de**

FSC
www.fsc.org
MIX
Papier | Fördert
gute Waldnutzung
FSC® C083411

Zeitfracht Medien GmbH
Ferdinand-Jühlke-Straße 7
99095 Erfurt, Deutschland
produktsicherheit@kolibri360.de